世遗泉州感赋

何锦龙 著

厦门大学出版社

图书在版编目（CIP）数据

世遗泉州感赋 / 何锦龙著. -- 厦门：厦门大学出版社，2023.10
ISBN 978-7-5615-9123-9

Ⅰ．①世… Ⅱ．①何… Ⅲ．①诗词-作品集-中国-当代 Ⅳ．①I227

中国版本图书馆CIP数据核字(2023)第193539号

出 版 人	郑文礼
责任编辑	高　健
美术编辑	李夏凌
技术编辑	朱　楷

出版发行　厦门大学出版社

社　　址　厦门市软件园二期望海路39号
邮政编码　361008
总　　机　0592-2181111　0592-2181406(传真)
营销中心　0592-2184458　0592-2181365
网　　址　http://www.xmupress.com
邮　　箱　xmup@xmupress.com
印　　刷　厦门集大印刷有限公司

开本　720 mm×1 000 mm　1/16
印张　14.25
字数　100千字
版次　2023年10月第1版
印次　2023年10月第1次印刷
定价　50.00元

本书如有印装质量问题请直接寄承印厂调换

何锦龙,福建惠安人,1947年12月出生,中国书法家协会会员、福建省书法家协会理事。

自序

2020年春，泉州以"宋元中国的世界海洋商贸中心"为主题申报世界遗产。这一主题，基于泉州丰厚的海上丝绸之路历史遗存，契合史实，彰明特质，展现内核，寓意高致。它鲜活解读13世纪意大利旅行家马可·波罗关于泉州古港——刺桐港乃"与亚历山大港齐名"的"东方第一大港"的史学判定，诠释泉州作为"光明之城""世界多元文化展示中心""东亚文化之都"的固有特质、传承脉络和延展动因，彰显泉州于宋元海商鼎盛时铸就海上丝绸之路起点的超卓造诣、斐然贡献和精神价值。

近些年，笔者再度瞻仰泉州海上丝绸之路起点史迹，欣获诸多震撼性新感知。如宋代古船出土勘正了境外学界认为中华民族不是航海民族的偏颇误判，清源山元代喇嘛教三世佛造像铭刻着海上丝路与陆上丝路互动交融的深邃印记，德化屈斗宫古窑承载着泉州海外通航通商兴于宋元的非凡史典，永春苦寨坑窑址成为我国烧制原始青瓷起始年代前推两百年的笃定标志，安溪青阳冶铁遗址展现了宋元年代泉州早期工业多元构成的不朽见证。笔者试以诗词记写游览之浅识，是为自我品味，亦期同好共享。

世遗泉州感赋

  2021年7月25日，第44届世界遗产大会确定将"泉州：宋元中国的世界海洋商贸中心"列入《世界遗产名录》。7月25日或将成为泉州的一个节日。谨将游记笔札归为小集，托以一份寄望：愿"读世遗泉州，看宋元中国"的传说蔚为共识，日益显现，深化其不朽的传世意义。

2023年7月

目录

第一篇　世遗泉州经典史迹感赋 ……… 001
　上西平·九日山祈风石刻 ……… 004
　洞仙歌·市舶司遗址 ……… 006
　上西平·德济门遗址 ……… 008
　洞仙歌·天后宫 ……… 010
　真武庙 ……… 012
　八声甘州·南外宗正司遗址 ……… 014
　念奴娇·府文庙 ……… 016
　满江红·开元寺 ……… 018
　忆江南（双调）·老君岩造像 ……… 020
　风入松·清净寺 ……… 022
　伊斯兰教圣墓 ……… 024
　苏幕遮·草庵摩尼光佛造像 ……… 026
　磁灶窑址 ……… 028
　渔家傲·德化窑址 ……… 030
　满江红·安溪青阳下草埔冶铁遗址 ……… 032
　贺新郎·洛阳桥 ……… 034
　安平桥 ……… 036
　顺济桥遗址 ……… 038
　江口码头 ……… 040
　风入松·石湖码头 ……… 042
　鹧鸪天·六胜塔 ……… 044

破阵子·万寿塔 …… 046

第二篇　海上丝路起点胜概感怀 …… 049

行香子·清源山 …… 050

宋代古船（二首） …… 052

后渚港（二首） …… 054

朝中措·石湖港（二首） …… 056

围头湾 …… 058

安海港 …… 060

石井港 …… 062

东石港 …… 064

溜石塔 …… 066

惠安青龙桥 …… 068

来远驿遗址 …… 070

望江东·金山寨遗址 …… 072

行香子·永宁卫 …… 074

八声甘州·崇武古城 …… 076

洞仙歌·郑成功墓 …… 078

施琅故宅（三首） …… 080

俞大猷故里 …… 082

崇武戚继光塑像 …… 084

延福寺 …… 086

沁园春·承天寺 …… 088

临江仙·崇福寺 …… 090

风入松·南少林寺 …… 092

南天寺 …… 094

行香子·通淮关岳庙 …… 096

蟳埔村 …… 098

石头街	100
踏莎行·土坑村	102
聚宝街	104
水调歌头·西街	106
花巷	108
打锡巷	110
八声甘州·中山街	112
风入松·刺桐缎	114
八声甘州·苦寨坑古窑遗址	116
雪梅香·梅岭古窑遗址	118
月记窑	120
安溪茶	122
苏幕遮·永春香业	124
甲第巷	126
南音	128
梨园戏	130
提线木偶	132
一剪梅·天主堂	134
泉南堂	136
风入松·陈埭丁氏宗祠	138
苏幕遮·百崎郭氏家庙	140
世家坑	142
踏莎行·番佛寺	144
浪淘沙（双调小令）·白耇庙	146
石笋	148
泉州鹿港对渡碑	150
永遇乐·威远楼	152

第三篇　海丝泉州览胜绝句百首 ……………………………… 155

世遗史迹经典（二十二首）

九日山祈风石刻 …………………………………………… 157
市舶司遗址 ………………………………………………… 157
德济门遗址 ………………………………………………… 158
天后宫 ……………………………………………………… 158
真武庙 ……………………………………………………… 159
南外宗正司遗址 …………………………………………… 159
府文庙 ……………………………………………………… 160
开元寺 ……………………………………………………… 160
老君岩造像 ………………………………………………… 161
清净寺 ……………………………………………………… 161
伊斯兰教圣墓 ……………………………………………… 162
草庵摩尼光佛造像 ………………………………………… 162
磁灶窑址 …………………………………………………… 163
德化窑址 …………………………………………………… 163
安溪青阳冶铁遗址 ………………………………………… 164
洛阳桥 ……………………………………………………… 164
安平桥 ……………………………………………………… 165
顺济桥遗址 ………………………………………………… 165
江口码头 …………………………………………………… 166
石湖码头 …………………………………………………… 166
六胜塔 ……………………………………………………… 167
万寿塔 ……………………………………………………… 167

郡县山川地标（十六首）

清源山 ……………………………………………………… 168
紫帽山 ……………………………………………………… 168

戴云山 ··· 169
晋江源 ··· 169
东西塔 ··· 170
桃花山 ··· 170
双髻山 ··· 171
大雾山 ··· 171
宝盖山 ··· 172
罗裳山 ··· 172
天柱山 ··· 173
文笔山 ··· 173
太华尖 ··· 174
雪山 ·· 174
九仙山 ··· 175
北太武山 ······································ 175

港埠津渡海舶（十五首）

宋古船 ··· 176
后渚港 ··· 176
围头港 ··· 177
安海港 ··· 177
东石港 ··· 178
石井港 ··· 178
蟳埔村 ··· 179
石头街 ··· 179
土坑村 ··· 180
惠屿岛 ··· 180
大佰岛 ··· 181
青龙桥 ··· 181
东关桥 ··· 182

溜石塔 ································· 182
石笋 ··································· 183

互市街衢珍货（十一首）
聚宝街 ································· 184
西街 ··································· 184
中山街 ································· 185
打锡巷 ································· 185
花巷 ··································· 186
泉州丝绸 ······························· 186
苦寨坑古窑遗址 ······················ 187
尾林古窑遗址 ························· 187
月记窑 ································· 188
安溪茶 ································· 188
永春香业 ······························· 189

治所衙署卫城（十四首）
威远楼 ································· 190
来远驿 ································· 190
金山寨 ································· 191
永宁卫 ································· 191
崇武古城 ······························· 192
郑成功焚青衣处 ······················ 192
施琅故里 ······························· 193
俞大猷故里 ···························· 193
戚继光雕像 ···························· 194
莲城卫 ································· 194
泉州鹿港对渡碑 ······················ 195

急公尚义坊	195
蔡氏古民居	196
大兴堡	196

文脉传承交融(二十五首)

延福寺	197
欧阳詹故宅	197
承天寺	198
崇福寺	198
南少林寺	199
通淮关岳庙	199
花桥慈济宫	200
海印寺	200
庆莲寺	201
龙山寺	201
金粟洞	202
南天寺	202
西资岩	203
凤里庵	203
五塔岩	204
科山寺	204
清水岩	205
百丈岩	205
香林寺	206
天主堂	206
泉南堂	207
陈埭丁氏宗祠	207
百崎郭氏家庙	208

锡兰侨民旧居 …………………………… 208
番佛寺遗址 …………………………… 209
跋 …………………………………………… 210

第一篇 世遗泉州经典史迹感赋

◎ 泉州市舶司遗址

上西平·九日山祈风石刻

畅东溪，镇北麓，守家州。九月九，接踵绅侯。低身叩首，寄祥晖祈愿佑航舟。夷帆乡橹，乘风潮，安起安收。

轻弹指，千年过，山不老，水还流。共隽远，载列登游。何曾着意，就钦崖长海著春秋。雅宗深永，励吾侪，力奉宏猷。

◎ 九日山祈风石刻

九日山祈风石刻 主要分布于九日山西峰。九日山位于南安市丰州镇。泉州于唐起辟为对外通商口岸,宋元时期海上商贸鼎盛,每年春冬,泉州市舶司提举、郡守率幕属等登九日山祈风,今尚存祈风纪盛石刻十余方。1991年2月联合国教科文组织海上丝绸之路考察团登临视察,认定祈风石刻为海上丝绸之路史迹,并勒石留记"友谊与对话"。考察团总协调员迪安博士称:"泉州整个城市是海上丝绸之路博物馆的完美体现。"

洞仙歌·市舶司遗址

寂孤铭碣,每饮秋霜醉。犹傍清渠听流翠。问南薰①,梦里犹见熙隆,司衙处,舟楫穿梭喧沸。

承唐风宋韵,海韵天怀,重构南华大都会。举惠润良方,减赋舒关,图共享,利家利外。事遐略刺桐跃新步,古渡骤升腾,聚珍凝丽。

---

① 南薰:宋元时期泉州市舶司位于古城南薰门一带,即今水门巷。

◎ 泉州市舶司遗址（局部）

市舶司遗址 泉州自唐起海商渐兴，北宋时期设市舶司，即今海关。司署无存，立有碑记，乃全国唯一古海关实物史迹。《宋会要辑稿·职官》载："哲宗元祐二年（1087）十月六日诏泉州增置市舶。"时与广州、交州并称"三关"。《晋江县志》载：赵崇度提举市舶，度与郡守真德秀同心划洗前弊，罢和买，禁重征，逾年舶至三倍。近期考古发现原址不同时期建筑构造的砖石地面、残墙以及水井、水道，出土铭文"造市舶亭蒲"残砖。

上西平·德济门遗址

挽泉山,携晋水,固乡邦。起绍定,镇海平江。凌霜淬火,铸金汤魂魄傲沧桑。千禧开岁,应晨钟,重领春光。

追贞观,开沧路,南郭外,满桅樯。趁古意,纵览番坊。根基尚壮,炫宋元筋骨赋华章。素姿风发,畅本心,续力新航。

◎ 德济门遗址

德济门遗址 德济门系泉州古城南门（旧称"领南门"，俗称"南门"）。泉州城始建于唐，南宋绍定年间建翼城，元至正年间延扩。德济门位于天后宫正大门对面40米处。城门外青龙巷、聚宝街一带为时夷商住地、市曹，俗称"泉南番坊"。史载：四海舶商、诸番琛贡，皆于是乎集。20世纪70年代发掘整理。罗城、瓮城、水道、桥涵等遗迹清晰，布局完整，气势恢宏，并出土伊斯兰教、印度教、犹太教、基督教等诸多石刻。

洞仙歌·天后宫

　　浯江列岸，笋棁门仪宇。八百轮回阅寒暑。本忠怀，福助征海功成，维灵应，诰号追封愈著。

　　惠风抚晋邑，街市熙和，夷橹乡帆满津渡。恰汉阙秦宫，盛典频频，祈安畅，高擎檀炷。喜今岁温陵奋诚勤，守顺济初衷，再晖云路。

◎ 天后宫

天后宫 位于德济门内。初名顺济宫,始建于宋庆元二年(1196),至今历800余载。奉祀妈祖,元封天妃。施琅东征前祈胜于妈祖,统一台湾后启奏朝廷加封,康熙帝称妈祖为"泉州海神",敕封为"护国庇民妙灵昭应仁慈天后"。顺济宫随诰封于元改称天妃宫,自康熙后改称天后宫。泉州天后宫为全国重点文物保护单位,乃全国妈祖庙第一。

真武庙

闽越玄天第一宫,承光化育郡南东,
枕山巍伟云生处,漱海从容浪涌中。
起碇每开昌瑞日,耕畴长奉恪勤风。
漫言泉邑武当小,舟路晴和著首功。

◎ 真武庙

真武庙 位于丰泽区东海街道法石社区石头街。俗称"上帝宫"。始建于南宋,至今历千余年。有"小武当"之称,号"北有武当南有泉州",被誉为"玄天上帝八闽第一行宫"。明万历《泉州府志》载,玄武庙在郡城东南石头山,庙枕山漱海,人烟辏集其下,宋时为"郡守望祭海神之所"。南宋乾道年间泉州郡守王十朋诗诵真武庙曰:"放出山光接海光。"南宋庆元年间顺济宫落成,祭海祈风移礼于顺济宫。

八声甘州·南外宗正司遗址

步庭轩看落日流斑，孤榕偶鸣蝉。问睦宗翁仲，纷繁烟火，何事沉湮？曾漫壶觞弦管，罹诡佞诛残。一恸千霜过，换却人寰。

倚鲤年经百五，授中原技艺，河洛通言①。润乡间开化，举教亦扶孱。率先头、敞舒缨锁，振鸿翼、闯海越津关。逢春序，温陵雄略，再跃波澜。

---

① 河洛：古代中原黄河、洛河一带。西晋永嘉之乱，"五胡乱华"，中原望族"衣冠南渡"，定居闽南，带入河洛古语。今闽南语保留河洛古语基本形态，获称古汉语的"活化石"。

◎ 南外宗正司遗址石碑

南外宗正司遗址 外宗正司专事驻京城外之皇族管理。南外宗正司北宋设于商丘,南宋移镇江,以后又多次迁徙,建炎三年(1129)移泉州。司署设肃清门外行衙(今西街旧馆驿原省梨园剧团驻地)。原设睦宗院等,时迁入皇室三百余人,后增过千,居今旧馆驿一带。南宋景炎二年(1277)端宗南迁欲入泉州,市舶司提举蒲寿庚闭城阻拒,端宗无奈流亡广东。蒲遂降元,"尽杀南外宗子及士大夫三千余人",妇幼不能免,"备极惨毒"。睦宗院等毁于一炬。

念奴娇·府文庙

襟怀远阔，畅门坊伟岸，喜迎宾旅。洙泗桥前参曲阜，朝觐棂星轻步。俯首泮池，登身月座，合掌崇文府。环观廊庑，梦回贤关义路。

泉邑黉宇云兴，金声玉振，宏旷扬旌鼓。开昧通灵长毓秀，农仕工商翘楚。街市延昌，夷邦和洽，才俊争襄辅。岁时晴快，骥群鸿阵腾骛。

◎ 泉州府文庙

泉州府文庙 位于鲤城区涂门街。始建于唐开元末年，北宋太平兴国初年移建现地，举为州学，构架泉州开辟海洋商贸人才支撑。学堂曾迁他地，大观三年（1109）迁回。南宋绍兴七年（1137）重建，规制宏大，布局严谨，显现中原渊源与闽南民俗有机融合，是我国东南地区最大的文庙建筑群。近年全方位整饬，古意悠远，建筑增固，门柱仍保留抗战楹联："坚持抗日到底，争取最后胜利。"2016年央视春晚泉州分会场设于泉州府文庙广场。

满江红·开元寺

垂拱升光,呈祥景、紫云沐瑞。悟妙谛,桑莲缘善,翘诚开蕊。乘恺风袅袅励翼,挥橡笔晓阳书伟。举月台,尊御赐金身,承恩惠。

涌甘露,施定慧。登戒座,祈鸿祉。寄仁寿镇国,道怀高置。堂殿饰徽援梵志,温陵民德抒明睿。此佛国,有圣士芸芸,弥街市。

◎ 开元寺

开元寺 位于鲤城区西街。始创于唐垂拱二年（686）。初名"莲花道场"，唐开元年间奉诏更名"开元寺"，元赐名"大开元万寿禅寺"。今藏有五代王审知请开元寺义英法师以金银研泥抄写的《大藏经》残页、元朝如照法师刺血写成的《法华经》及泰米尔文贝叶经等珍贵文物。院内月台须弥座及大殿后廊柱等嵌有印度教图案石构件，显现泉州多元教种多元文化和合并兴，源远流长。寺中东西双塔系泉州著名地标。

忆江南（双调）·老君岩造像

温陵驻，古郡好山川。虎乳一泉情脉脉，春秋八百寿绵绵。鲤邑最延年。

缄口笑，喜乐入心田。静拨颐和经世曲，远思勤厉惠民篇。弘道善为先。

◎ 老君岩造像

老君岩造像 位于清源山南麓。雕于宋代,乃我国现存最大天然道教岩雕。原构真君殿、北斗殿等道教建筑围护。乾隆《泉州府志》载:"石像天成,好事者为略施雕琢。"法国学者黛安娜·李来泉考察题言:"这已是我第二次参观老君岩,但我仍和上次一样激动,因为这位老人和大地紧紧地融为一体,他好像知道一切,又理解一切。"

风入松·清净寺

通淮穹宇近朝阳。共关岳恒昌。恪恭圣友千年过,奉天意、宣礼坛堂。邻里相安相守,明君增护增光。

创兴圩埠裕家邦。泉郡启先航。征帆万里烟波路,凭衷悃,德谊绵长。倾力乡州荣盛,展舒天海胸膛。

◎ 清净寺

清净寺 位于涂门街,与通淮关岳庙相邻。亦称圣友寺,又称艾苏哈卜大清真寺。始建于北宋大中祥符二年(1009),系我国现存最早之伊斯兰教寺院。明永乐朱棣特敕谕加护,谕称:"特授尔以敕谕护持,所在官员军民一应人等,毋得慢侮欺凌。敢有故违朕命慢侮欺凌者,以罪罪之。"

伊斯兰教圣墓

岫影映渠清,圭碑奉至诚。
哲贤来谊早,凤舰踏波平。
古港争先步,豪风敞素情。
自强真铁汉,砥砺本温陵。

◎ 伊斯兰教圣墓

伊斯兰教圣墓 位于灵山南坡，是我国现存最古老、最完整之伊斯兰教遗迹。明代著名史学家何乔远著《闽书》载：唐武德年间，穆罕默德遣四贤徒来华，一贤传教广州，二贤传教扬州，三贤、四贤传教泉州，卒葬灵山。葬后是山夜光显发，人异其灵圣，故名曰圣墓，山曰灵山。圣墓回廊一阿拉伯文碑刻载了元至治三年（1323）一批阿拉伯穆斯林远渡重洋来泉州为圣贤修墓的过程。明朝著名航海家郑和第五次下西洋前到此起航拜谒，并在圣墓旁立下"行香碑"以作纪念，是我国海外交通的重要史迹。

苏幕遮·草庵摩尼光佛造像

万岩峰,慈慧境。妙德文殊,入化菩提影。一叠茅斋祈简净。千载流泉,激荡书声冷。

旧遗痕,新定证。源溯波斯,臻美摩尼镜。更迭春秋唯此胜。搏跃沧溟,晋水风帆劲。

◎ 草庵摩尼光佛造像

草庵摩尼光佛造像　位于晋江罗山镇华表山，是世界仅存之摩尼教教主石刻造像。明代著名史学家何乔远著《闽书》载："山背之麓有草庵，元时物也。祭祀摩尼佛。"草庵摩尼光佛造像是摩尼教在中国传播与发展的珍贵物证，其与泉州本土文化的融合，显示出世界海洋贸易中心强大的文化包容力。1991年初，联合国教科文组织海上丝绸之路考察团莅临泉州考察，总协调员迪安博士称：草庵摩尼教遗址是该行程的"最伟大发现"。

磁灶窑址

泉山每早春,灵秀毓瓷珍。
故土谋兴盛,梅溪茹苦辛。
宋炉存息暖,元釉溢辉纯。
起看新晨日,跃然迎再春。

◎ 磁灶窑址

磁灶窑址 位于晋江磁灶镇梅溪两岸。已发现南朝至明清古窑址20余处，金交椅山古窑尤为密集，规模宏大，结构严谨。所出土瓷件与日本以及东南亚地区所现泉州瓷器相同相近，展现磁灶乃唐宋以降泉州出口陶瓷重要产地。据清乾隆《晋江县志》记载，瓷品"出磁灶乡，取地土开窑，烧大小钵子缸瓮之属，甚饶足，并过洋"。

渔家傲·德化窑址

屈斗传芳缘故寨,卧龙宝美逾千载。薪火延绵真釉彩。腾瑞霭,凤纹莲瓣名天外。

道古①瓷乡重奏凯,唐风宋韵晖山海。承续匠心无懈怠。犹慷慨,掌珠含玉臻通泰。

---

① 道古:雄健古朴。宋代邵博《邵氏闻见后录》:"字道古若飞动,非今所畜书帖中比也。"

◎ 德化窑址

德化窑址 德化县域内发现历代窑址近200处，被誉为"中国瓷都"。龙浔镇宝美村破寨山屈斗宫窑为德化代表性古窑，出土有北宋白瓷、南宋青釉、元代白釉。辽田尖山现原始青瓷古窑，经考证系夏商窑址。据《马可·波罗游记》记载，刺桐城（泉州）附近有一别城，名称迪云州（德化），制造碗及瓷器，既多且美。

满江红·安溪青阳下草埔冶铁遗址

春碧秋香,萦雅韵,青洋埔里。未敢想,墨岩灰土,栉鳞臻比。景祐升炉熔赤石,刺桐燡火铸贞器。延血脉,续潘洛周盈,三安丽。

薰风暖,兴吾邑。驰远渡,呈雄毅。好清溪奉力,助襄飞骑。长海流香追盛溢,浩涛举碇犹诚砺。竞扬帆,乘气正天明,开新纪。

◎ 安溪青阳下草埔冶铁遗址冶铁炉遗迹

安溪青阳下草埔冶铁遗址 位于安溪县尚卿乡青洋村。是国内首个科学系统发掘的块炼铁和生铁冶炼并存遗址,含冶炼、矿洞、炭窑及冶铁坊主余氏祖屋遗迹,工艺为小高炉、木炭熔炼块铁,后运他地锻造,其年代集中为10—12世纪前后。明代科学家宋应星著《天工开物》载:"西北甘肃、东南泉郡,皆锭铁之薮也。"据《安溪县志》,青洋于北宋为冶铁官窑。《晋江县志》记载:"铁炉庙在城西宣明坊直南,传留鄂公造兵器之地。"留鄂公即南唐泉郡节度使鄂国公留从效。

贺新郎·洛阳桥

江海交融处。越青溟、津桥飞渡,岁盈千数。无忘少师①追圆梦,请命归乡执务。曾几载,寒严暑酷?勘确潮期悬机妙,造筏基植蛎臻根固。望迥汉,健鸿鹫。

看虹彩赵州身著。唤卢沟、相偕广济,九州忻慕。孰约蚁群书圣谕,敢问龙王赐醋。筹用度,慈航躬助。勉力安澜图万古,志梓桑昌瑞盈街埠。甘历险,向沧路。

---

① 少师:宋代泉州太守蔡襄主持修造洛阳桥。蔡襄累赠少师。

◎ 洛阳桥

洛阳桥 位于泉州市洛江区与惠安县交界之洛阳江入海口,又称"万安桥"。宋代庆历年间洛阳江修建浮桥,皇祐五年(1053)泉州太守蔡襄主持修建石桥,历经六年有余建成。至今近千年,传衍群蚁书旨、赶猪化石、下海问潮、招亲募银等民间故事。与赵州桥、卢沟桥、广济桥并称我国四大古桥。洛阳桥1938年曾被日机炸毁,1963年修复,1996年恢复古桥旧貌。

安平桥

镇遏魃魔承瑞光,遥迢边渡向荣昌。
鸿梁为有筏基壮,古县凭施贤策芳。
市舶时来增客贾,篷车鳞辏热圩场。
惠民兴利千秋事,天下无桥胜此长。

◎ 安平桥

安平桥 位于晋江安海与南安水头间海湾,扼晋江、南安两地水陆交通要冲,俗称五里桥。南宋绍兴八年(1138)僧人祖派主持,黄护与僧智渊捐款倡建,绍兴二十一年(1151)泉州太守赵令衿主持修造,历经十四年建成。安平桥是世界现存最长的中古时代梁式石桥,也是中国现存最长的海港石桥,享有"天下无桥长此桥"之誉。

顺济桥遗址

通关德济耀华韶,浯笋双虹竞弄潮。①
达浙适苏臻百业,倾心奉力傲今朝。
洪涛未断家声远,江月回思宋日骄。
雄镇天南凝古趣,纪行波路亦妖娆。

---

① 双虹:代指通济桥(俗称"笋江桥")与顺济桥(俗称"新桥")。两桥分别建于北宋皇祐、南宋嘉定年间。近年被特大洪灾冲塌,仅存遗址。

◎ 顺济桥遗址

顺济桥遗址　位于晋江下游。清道光《晋江县志》载："顺济桥在德济门外，笋江下流，旧以舟渡。南宋嘉定四年（1211）郡守邹应龙造石桥，长一百五十丈余，翼以扶栏。以近顺济宫，因名顺济。以其造于石笋桥后，俗呼新桥。"石笋桥即笋江桥。史传顺济桥"下通两粤，上达江浙，实海国之冲衢，江城之险要"。

江口码头

宋元开海埠,泉邑奋前鸿。
万国商潮涨,十洲瑰宝丰。
福船盈贾客,德济缀夷璁。
富美行西域,文兴聚远篷。
贼倭狂掠我,关塞陡连丛。
立闭柴扉紧,随移市舶空。
圩声旋鲠喧,港浦亦尘蒙。
罕漫流云里,萧疏失意中。
华年逢盛世,豪气拂苍穹。
椽笔书宏略,群贤谋大同。
古城弘特质,亢志守初衷。
勇驾长帆起,新程筑巨功。

◎ 江口码头

江口码头 位于丰泽区东海街道法石村、蟳埔村一带，为刺桐古港内港，是沟通晋江上游集市、连接泉州港出海口的转运码头。宋时构筑码头集群，文兴渡、美山渡尚存。港区发现宋代古船、宋元造船遗址、伊斯兰教石墓及宋元瓷片。伊本·白图泰于元代至正年间来到泉州，《伊本·白图泰游记》记载："余见港中有大船百余，小船则不可胜数矣。"宋吴自牧《梦粱录》记载："若欲船泛外国买卖，则自泉州便可出洋。"

风入松·石湖码头

　　长堤向海骨铮铮,直面浪层层。笑迎澎湃强身骨,越千春,回响铿铿。开渡帆扬欧亚,家珍夷宝生生。

　　群鸥唱和炫萌萌,宋韵续声声。歌吟万国商航梦,构重圆,亘亘横横。放眼环球生息,豪书大略程程。

◎ 石湖码头

石湖码头 位于石狮蚶江镇石湖村。据清代史学家蔡永蒹《西山杂志》记载，林銮，字安东，先祖林尚书，号西山，因五胡乱华，避兵祸自洛阳沿水路南下，东石卜居。林氏自东晋至唐乾符以海上商贸为业。林銮商船远抵南洋诸邦，造大型码头，名林銮渡。石构栈桥名通济桥，宋时重造，于今尚存，形貌恢宏，可见当年"涨海声中万国商"。传郑和下西洋船队曾靠泊林銮渡。

鹧鸪天·六胜塔

挽定依依双绿洲，通和浩浩两江流。镇关开渡臻鸿举，引海牵舟借凤眸。

祈橹楫，每祯祺，当风抵浪惠耕畴。任凭潮起还潮落，谨笃勤诚傲素秋。

◎ 六胜塔

六胜塔 位于石狮蚶江镇金钗山，俗称"石湖塔"。北宋政和年间僧人筹建，取名"六胜塔"。南宋景炎二年（1277）遭元兵坍毁，元至元年间蚶江海商捐资重建。规制超越姑嫂塔，精致不亚于东西塔。六胜塔指引商船通过岱屿门主航道进出泉州港，解决商船通过台湾海峡进入泉州港的导航需求。元航海家汪大渊著《岛夷志略》载："舶由岱屿门，挂四帆，乘风破浪，海上若飞。"宋吴自牧《梦粱录》记载："若有出洋，即从泉州港口至岱屿门，便可放洋过海，泛往外国也。"

破阵子·万寿塔

立壁攀崖昂首,山川风雨瞑眸。姑嫂贞诚萦父老,敢踞云端引楫舟。琼英恸海流。

欲谱新城凤曲,还歌关锁清遒。虔领家船归梓里,迎导夷航上我州。好登威远楼。

◎ 万寿塔

万寿塔 位于石狮宝盖山。亦称"关锁塔",寓意镇南疆而控东溟。建造于南宋绍兴年间。《八闽志》载:"永宁里有石塔甚宏丽,商舶自海迁者指为抵岸之期。"《泉州府志》载:"泉城关锁水口之镇塔也,高出云表,登之可望商舶来往。"俗称"姑嫂塔",明代著名史学家何乔远著《闽书》载:"姑嫂垒石山巅,登高望断归舟。"明广西按察使苏濬诗赞:"千杯迎海市,万里借扶摇。"

◎ 江口码头美山古渡

第二篇 海上丝路起点胜概感怀

行香子·清源山

西月余星，拾级闲行。趁秋韵，尘净怀清。弥陀禅悟，瑞像灵听。拜南台过，赐恩暖，碧霄澄。

梵佛三世，陆海融情。越苍茫，七百华龄。佑航远渡，毗赞溟鹏①。望刺桐港，帆新启，晓风迎。

---

① 毗赞：辅佐；襄助。《西京杂记》："其有德任毗赞、佐理阴阳者，处钦贤之馆。"溟鹏：北冥之鹏。语本《庄子·逍遥游》："北冥有鱼，其名为鲲。鲲之大，不知其几千里也。化而为鸟，其名为鹏。"陆德明释文："北冥，本亦作溟。"后以"溟鹏"指大鹏。

◎ 清源山碧霄岩元代三世佛造像

清源山 位于泉州市区北郊。古誉"闽海蓬莱第一山",为泉州古十景之一。清源山亦名"泉山"。南宋叶廷珪《海录碎事》载:"泉山,泉州之主山也,山有孔泉,故名。"泉州因山得名。山中胜景碧霄岩三世佛为元代泉州路监临官达鲁花赤阿沙(宁夏人)于至元二十九年(1292)主持镌刻,是我国现存时代最早、保存最好、位处最东南的藏传三世佛造像,见证陆海丝绸之路交融互动。

宋代古船（二首）

冥濛七百秋，唤起耀方州。
师匠寻帆影，桑莲奉绮楼。
驰踪茶马道，推理舶司谋。
舱密良工巧，时年艺领头。

家邦复盛秋，鸿举热乡州。
起碇观云阁，归帆望海楼。
赤诚追格范，奋敏事新谋。
万国联商事，争先自昂头。

◎ 泉州后渚港出土宋代古船

宋代古船 1974年泉州湾后渚港海滩发现宋代沉船，经发掘考证为13世纪福建造"福船型"远洋木帆船，复原载重量达200余吨，是我国迄今发现的年代最早、体量最大的海船。其水密隔舱构造证明古代中国该项技术比西方早数百年。现置于泉州湾古船陈列馆。英国著名科学家李约瑟博士称："这艘古船是中国自然科学史上最重要的发现之一。"1982年泉州晋江口再次发现类似宋代沉船。泉州湾宋代古船出土是泉州作为宋元中国的世界海洋商贸中心的直接见证。

后渚港(二首)

应世开津门,元嘉乐盛春。
南薰频异客,德济满奇珍。
驰舰追星月,归舟话友亲。
刺桐迎马可,接踵十洲人。

瑞风拓屿门,桑梓复芳春。
扶翼抒贞志,躬身探远珍。
方舟宗古谚,蚝壳喜朋亲。[①]
瀚海传薪路,莘莘河洛人。

---

① 古谚:借指阿拉伯古谚语"知识,虽远在中国,亦当求之"。蚝壳:后渚近邻蟳埔一带民居多以古时源自波斯、用作远航回程压舱重物的"蚝壳"(即海蛎壳)筑墙,俗称"蚝壳厝"。

◎ 后渚港今貌

后渚港 位于洛阳江和晋江入海处,是刺桐古港主港区。马可·波罗称刺桐港为"东方第一大港","与亚历山大港齐名"。1991年,联合国教科文组织海上丝绸之路考察团搭乘"和平号方舟"从意大利威尼斯出发,沿途考察16个国家后,除夕于后渚港靠泊,登陆泉州。

朝中措·石湖港（二首）

川流潮涌叠纷纷。舞浪跃青豚。坠岛并擎砥柱，任凭澎湃浮沉。

浙闽冲要，关防孤逸，总揽边门。峡海一衣带水，泉台对渡殷殷。

一湾鸥鹭唱纷纷。迎晓唤游豚。共赋先驱奋励，对吟三宝钩沉。

春回古邑，情追远舵，翼振津门。歌伴端阳举酒，赛舟泼水殷殷。

◎ 石湖港一隅

石湖港 位于石狮市蚶江港东向突出部金钗山下，系蚶江港深水港区。蚶江内港除林銮渡，尚有前垵澳、后垵澳，后垵澳古码头石构栈桥及航标烟楼塔至今犹存。明清往来闽台船舶主要靠泊于后垵澳码头。

围头湾

双金一脉共家门,镇扼州南并挺身。
曾隐浩波夷舶货,今迎彼岸故乡人。①
观光战地怀尤壮,过峡龙泉情最真。②
自有爱拼争胜志,欣欣半岛早逢春。

---

① 夷舶:台湾船舶。台湾古称夷洲。
② 龙泉:2018年8月,由晋江水系引水,于围头起敷设海底管道向金门供水。

◎ 围头港

围头港 位于晋江金井镇围头半岛南端，系不淤不积的深水良港。唐起为"南北洋舟船往来必泊之地"，宋元时为泉州四大港口之一。明洪武年间围头修建司城，遗址犹存。明末清初，郑成功部、施琅部曾先后于此屯兵。围头港距金门5.6海里，是大陆距金门最近的海上交通要道。

安海港

南疆开埠敢居先，车马帆舟逐晓烟。
定海虹梁长利涉，比肩行铺日横延。
同圩胡贾鸿江话，盈卷温陵风概篇。
刚耿笃勤垂范早，昌兴夙望竞前贤。

◎ 安海港

安海港　位于晋江安海镇西。安海扼晋江、南安水陆要冲，宋元时系泉州海上商贸重要港埠，时"港通天下商船，贾胡与居民互市"。郑成功率部抗清，于安海一带招兵募粮。清统一台湾后开放海禁，安海港恢复生机，与台湾、天津、上海乃至南洋等地通航。

石井港

孤忠举剑逐夷蛮,梓里文华灿海山。①
骏马朝江龟献瑞,锦鳞嬉水鹤归闲。
战袍犹梦贤功满,宪第频迎故戚还。
谐步青葱新港路,试将胜概缀诗间。

---

① 孤忠:石井港所在石井镇为民族英雄郑成功故里。郑成功墓迁葬故土时,康熙撰挽联:"四镇多二心,两岛屯师,敢向东南争半壁;诸王无寸土,一隅抗志,方知海外有孤忠。"石井镇现存有延平王祠、中宪第等史迹,展出郑成功盔甲等文物。

石井港　位于南安石井镇。史载隋炀帝遣使开发台湾,船队于此靠泊,招募船舶、水手。唐宋时为泉州港支港。南宋绍兴年间建石井巡检司。

◎　石井港

东石港

励翼每知云路长,升帆鼓乐启晨光。
棹歌悠远安东曲,螺号浑雄浴血章。①
但见里邻多货品,继兴乡邑好船行。
复期航路连台岛,信有佳音伴凤翔。

---

① 安东:据清代史学家蔡永蒹《西山杂志》载,林銮,字安东,先祖林尚书因五胡乱华避兵祸,自河南南下,卜居东石。林氏自东晋至唐乾符年间以海上商贸为业,经商有法,往来倍利。浴血:明末清初,郑成功部于东石安营扎寨,整军练武,抗击清兵,血战白沙。

◎ 东石港

东石港 位于晋江东石镇西,与安海港素有"泉州南大门"之称。史载,隋炀帝征讨台湾,船队曾经泊东石港。宋元时期泉州海商鼎盛,东石港是中外商船锚地。东石港为与台湾通航以及华侨出入境港口之一。清光绪二十四年(1898)东石港开设至厦门小火轮航线。

溜石塔

镇扼关山奉峻道,牵江揽海立潮头。
风烟凉热身前过,闾里苦甘心底收。
逐浪祈安坚砥柱,凌潮向远壮鸿筹。
何当充缀滨江路,寄意新航泛五洲。

◎ 溜石塔

溜石塔 正名"江上塔",位于晋江南岸溜石山,系晋江出海口航标,亦为丝绸之路起点史迹。清道光《晋江县志》载:"明万历间,郡守蔡善继建塔江上,以锁内堂水口。"民间传于溜石造塔,既镇扼江海,亦开化文明。溜石自古为海防要口。明中后叶,海寇猖獗,泉州府于此建军营,置铳台,筑造成"郡城出水第一关"。

惠安青龙桥

虽末万安早,浑无五里长。
宋元同焕彩,史册并留芳。
疏港峰崎盛,通衢螺邑昌。
遐龄临八百,谦默盼重光。

◎ 青龙桥

青龙桥 位于惠安县辋川镇麒麟山下，横跨林辋溪。石墩石梁桥，其单体石梁大于洛阳桥、安平桥。南宋宝祐年间著名造桥慈善家释道询主持修建，系惠安县城与辋川直至惠北的交通要道，是海上贸易的重要载体，见证周边经济发展数百年的沧海桑田。今余残段。明嘉靖《惠安县志》载："凡中纪之水，若菱溪、驿坂、茭市、龙津之会于峰崎港者，皆出桥下，至辋川入海。"

来远驿遗址

云桥淳默踱番商,青石幽幽市舶光。
漫说春秋多异宝,留连朝暮满夷航。
十朋偏爱蚝煎美,一早欣闻润饼香。①
但看老渠承古趣,弦歌管乐赋新章。

---

① 十朋:许多朋友。唐刘禹锡《送张盥赴举》诗序:"尚书右丞卫大受、兵部侍郎武廷硕二君者,当时伟人,咸万夫之望,足以订十朋之多也。"

◎ 来远驿遗址石碑

来远驿遗址 位于城南德济门外聚宝街车桥头。据记载，来远驿设置于宋政和年间。明洪武间仍于广州设怀远驿，宁波设安远驿，泉州设来远驿，归市舶提举使管；来远驿安置朝鲜、日本、琉球等国贡使。明成化年间泉州市舶司移福州，泉州来远驿废。

望江东·金山寨遗址

怀耿持真守津渡,镇江海,观云路。直通市舶禀天数。御野寇,雄师驻。

寻踪驿道循秋暮,瞰老井,清流注。衷祈营堡永严固。造新梦,腾新步。

◎ 金山寨遗址

金山寨遗址 位于丰泽区东海镇后亭村金山。原为南宋泉州市舶司观测近海天气之观云台，亦为泉州海上丝绸之路起点史迹。明洪武年间改为抗倭山寨。传明末郑成功部曾于此屯兵扎营、操演水师。寨堡以花岗岩块石砌筑，设有门洞、炮口。现寨墙基本完整。

行香子·永宁卫

巍立忠贞，笃守良畴。定边陲、扼险咽喉。领衔闽卫，砥柱中流。手携津门，偕威海，护金瓯。

痛蒙倭患，饮恨吞仇。水关血、莫付渠沟。应期街洗，无雨绸缪。寄意谐美，事宏略，展豪遒。

永宁卫 位于石狮市永宁镇。古称"鳌城",始建于明洪武年间,与天津卫、威海卫同为我国史上最著名沿海卫城。明嘉靖年间倭寇攻陷永宁,军民罹难,尸堵水关沟,鲜血横流。恰逢两日暴雨洗净血迹。此后民众每年阴历四月二十二至二十四日以"洗街"习俗悼念罹难将士乡亲。

◎ 永宁卫城门楼

八声甘州·崇武古城

望蜿蜒海陆峙雄关,巩峻傲云天。共龙咽唱晓,狮岩晚照,龟寿延年。崇报崇山香焰,乘盛世飘旋。遍有新庭院,春韵翩跹。

巡看垣墙陈迹,记穷凶贼寇,重炮摧残。更铭镌虎旅,转战镇倭蛮。载雄师、驰舟犁浪,斩荷夷、浴血竞扬帆。祈圆梦、九州归一,两岸同欢。

◎ 崇武古城

崇武古城 位于惠安县崇武半岛，濒临台湾海峡，系我国现存最完整明代古城。崇武古城始建于明洪武年间，隶属永宁卫。《明史·兵志》载："惠安东偏，穷海而止，其镇崇武。国初以其为岛夷出没之路，设千户所，置官屯戍，以御外护内，虑至远也。"明隆庆元年间福建总兵戚继光扎营崇武，固城歼寇，历十年平定倭乱。1938年日舰炮击崇武，城墙仍存弹迹。

洞仙歌·郑成功墓

鹅黄数点,缀半坡秋绪。肃穆群松岭前伫。仰孤忠,恒秉坦荡胸襟,惟尽瘁,欲保江山万古。

青春怀远志,才德兼修,负印挥师护宗路。尚文不贪财,武不贪生,承国姓,许心疆土。看今日军民愈坚贞,志两岸和衷,魇魔难阻。

◎ 郑成功墓

郑成功墓 位于南安市水头镇康店村覆船山。郑成功（1624—1662年），本名森，字明俨，泉州南安人，祖籍河南固始，明末清初军事家，抗清名将，民族英雄。清顺治十八年（1661）率军横渡台湾海峡，击败荷兰驻军，1662年收复台湾，不久后病故，年38岁。初葬台南洲仔尾，康熙三十八年（1699）迁葬于故乡南安覆船山。

施琅故宅（三首）

老园春翠复秋葱，四序芳花次第红。
最是耀宗光祖事，挥师一统澳溟东。①

茸修秋院绿葱葱，澄碧丛中数点红。
闻道将军多迈绩，容听讲古泛西东。

风庭邸宅失青葱，夕照残墙一抹红。
碑立诚言呼岁暖，家珍莫任付流东。

---

① 澳溟：水深处。借指海峡。

◎ 施琅故宅

施琅故宅 位于泉州鲤城区释雅山西侧东边巷内。施琅（1621—1696年），字尊侯，祖籍河南固始。清初曾任同安总兵、福建水师提督。康熙年间率兵东渡统一台湾，并力主设府屯兵镇守，获授靖海将军，封靖海侯。

俞大猷故里

少小痴书习武生,好将心志奉邦城。
剿倭歼寇边关定,固本安民地俗清。
自有良谋称睿敏,尤从捷报奉贞明。
虎龙高节雄风劲,今岁温陵愈壮声。

◎ 俞大猷雕像

俞大猷故里 位于洛江区河市镇溪山村。俞大猷（1503—1580年），字志辅，明代著名抗倭英雄。一生四为参将、七为总兵、二为都督，戎马生涯四十七年，身经百战，战功显赫。所领俞家军与戚家军并称"俞龙戚虎"。万历年间告老还乡，病逝后获赐左军都督，谥号武襄。

崇武戚继光塑像

复镇崇城力化钧,运筹帷幄自凝神。
封侯非是平生愿,报国方为好汉身。
扼海固疆呈智勇,经文纬武秉清淳。
衷怀一统朋侪志,同仰传家忠义魂。

◎ 戚继光雕像

崇武戚继光雕像 为纪念戚继光率兵驻守崇武平定倭患，崇武于古城东门外雕造戚继光雕像。戚继光（1528—1588年），字元敬，山东登州（今山东省蓬莱市）人，明抗倭英雄。戚继光累迁左都督、少保兼太子太保。明嘉靖年间任福建总兵，屯兵崇武，联合俞大猷抗击倭寇十余年，终平倭乱。继而先后派守北疆，调防南海，戍边保安。

延福寺

魏晋昭光承洽熙,金刚一卷肇堂基。①
身先本郡怀思愿,情笃长帆著史诗。②
缭绕檀香开岁日,腾扬鼓乐启航时。
每从云壁书徽典,通远鹏程铸峻崎。③

---

① 堂基:基础。《尚书·大诰》:"厥子乃弗肯堂。"
② 思愿:愿意,想望。三国魏应璩《杂诗》:"思愿献良规,江海倘不逆。"
③ 徽典:盛美的典礼。晋潘尼《释奠颂》:"穆穆焉,邕邕焉,真先王之徽典,不刊之美业,允不可替已。"

◎ 延福寺

延福寺 曾名建造寺，位于南安市丰州镇九日山下，史载始建于西晋太康年间，系泉州最早佛教寺庙。南朝普通年间（520—527）印度高僧拘那罗陀驻锡延福寺翻译《金刚经》。宋元丰年间起于寺中通远王祠行航海祈风礼，其后每年春冬于此祈风，九日山多有宋元祈风摩崖石刻。

沁园春·承天寺

西望崇阳,北眺泉山,谨肃月台。悟菩提缘契,留园承瑞,温陵佛国,莲宇丛开。松卧清风,池生梅影,诚寄禅思悉剪裁。尘无染,度杉浮龙井,双塔飞来。

惊怜湮没嚣埃,尽衰草污流渗腐苔。幸家邦回暖,百花重艳,仁人志士,再塑云斋。德道高僧,狮城弘法,种福桑田真善怀。当歌赋,颂情融台海,共铸和谐。

◎ 承天寺

承天寺 位于鲤城区南俊巷，又名月台寺。原为五代清源军节度使留从效宅第花园，南唐保大年间改建为南禅寺，北宋景德年间赐名承天寺。与开元寺、崇福寺并称"泉州三大丛林"。南宋泉州太守王十朋撰"偃松清风"等《承天寺奇景》七律十首。

临江仙·崇福寺

　　黄卷青灯莲华阁,奉尊千佛慈颜。结缘禅那梵云间。孝心修德义,归释向松湾。

　　一意惠民施大鼎,钟鸣弘道攸关。应庚风骨正尘寰。法门惟不二,诚谛暖家山。

◎ 崇福寺应庚塔

崇福寺 位于鲤城区崇福路。初名千佛庵,后改名崇胜寺、洪钟寺、崇福寺,与开元寺、承天寺并称"泉州三大丛林"。清道光《晋江县志》载:"故在城外,宋初陈洪进有女为尼,以松湾地建寺。"大洪钟、千人鼎、应庚塔为崇福寺三宝。

风入松·南少林寺

依山起势竟恢弘,曲径绕青松。晨钟破晓催禅衲,续嵩山、练武修功。屡有蓝睛徒弟,花拳绣腿从容。

泉南旋荡少林风。承衍凭智空。义僧仁勇扶唐主,落清源、延脉丹衷。每废重兴无止,尤诠此乃真宗。

◎　南少林寺

南少林寺　亦名"镇国东禅寺",位于清源山东麓。传为救唐王十三棍僧之智空入闽所建。据清代《西山杂志》记载,唐天祐年间"少林寺反王审知附梁,被毁",北宋太平兴国年间"诏修",南宋景炎年间"清源少林寺千僧反蒲寿庚之降元"再次被毁,明洪武年间州官黄立中"疏奏朝廷,敕修少林寺"。南少林寺为中国南方武术发源地,少林武术随泉州移民潮远播海外。

南天寺

青岩兆瑞放华莲，岱萃峰灵好入禅。
骨脉沧桑修妙相，韶仪质朴脱尘缘。
甘修自在三生醒，终悟皆空一梦圆。
虔恳泉南真佛国，启征瀛海道途宽。

◎ 南天寺崖刻"泉南佛国"

南天寺 位于晋江市东石镇岱峰山,俗称"石佛寺"。清康熙年间《重兴南天禅寺碑》载:"宋嘉定丙子(1216),一庵净师过此,夜见峭壁灿光三道,是山萃众岳之灵,遂募镌弥陀、观音、势至三尊,建造殿宇,因就石佛为号。"寺西崖刻"泉南佛国"为南宋泉州太守王十朋手迹。

行香子·通淮关岳庙

信善盈堂,陆海传芳。倚通淮,耕牧承光。恭迎鹏举,尊奉云长。英豪双立,秉忠义,暖家邦。

星霜六百,阅尽荣殇。乡邻事,唯望安康。欣逢盛世,岁序恒昌。庆绵香火,翊宏略,启新章。

◎ 通淮关岳庙

通淮关岳庙 位于鲤城区涂门街,系福建现存规模最大武庙。明洪武年间,泉州七城门处皆建关帝庙,通淮门庙主祀关羽,后增祀岳飞,故改称关岳庙。庙门楹联:"诡诈奸刁,到庙倾诚何益;公平正直,入门不拜无妨。"

蟳埔村

劈波开埠李唐前,协睦夷邦敢率先。
烟岸里邻舒凤愿,风帆茶马渡江天。
郎君乐漫弄潮路,蚝壳厝承征海篇。①
渔女红衫晨挽面,簪花围髻焕时鲜。②

---

① 郎君乐:即"南音",亦称"南乐""弦管",是发源于福建泉州,用闽南语演唱,流传于闽南的地方音乐,传播于我国台港澳及东南亚等地区。

② 挽面:闽南地区妇女以细线绞除额头、面颊、鬓角汗毛的美容方式。

◎ 蟳埔村"蚵壳厝"

蟳埔村 位于丰泽区东海社区，居民多为阿拉伯侨民后裔，以捕鱼、航运为主业。传统民居为"蚵壳厝"，所用蚵壳原为远航船舶回航时压舱重物，经考源于中亚。蟳埔女盘发髻、簪花围，获称"头顶花园"，着大裾衫、宽脚裤，形成独特风情，传系承续古时中亚民俗，堪称宋元时期中外文化交流的活化石。2008年6月，蟳埔女习俗被列入第二批国家级非物质文化遗产名录。

石头街

应世开元焕绮纷,鼓梆螺角入层云。
美山趸口风樯劲,望海楼头贾客勤。
井月巷风吟马可,文华薪火慰灵君。
古舟身外群帆起,执竞驰翔乘霁氛。①

---

① 执竞:自强不息。《诗·周颂·执竞》:"执竞武王,无竞维烈。"

◎ 石头街古民居

石头街 位于丰泽区东海街道法石村。据传,马可·波罗抵刺桐城时由此登岸,当地以石头铺街迎接而得名。宋元时法石港为刺桐港内港,建造码头十余座,美山渡、文兴渡至今尚存,与村中真武庙同为"世遗泉州"经典史迹。法石一带出土的宋代沉船、阿拉伯侨民墓葬石件、西班牙银币等,以及村中马可巷、马可井、造船巷、打帆巷、望海楼等遗迹,皆为泉州作为海上丝绸之路起点的不朽见证。

踏莎行·土坑村

余翠留青,涂山秋暮。卷潮岩畔轻霜露。鸱吻燕脊跃层层,昌华称甲刘家墅。

举教兴贤,倡文毓武。流光螺邑居仁府。耽勤长海续华篇,一街古厝皆诗赋。

◎　土坑村刘端弘故居

土坑村　位于泉港区后龙镇中部,湄洲湾南岸,系省级历史文化名村。明时依港兴商,海上贸易繁盛,传有庭院式古民居40余座,现存较完好10余座。开设文武学馆选青斋、凌云斋。据记载,明清两代中榜进士、晋升仕者达70余人。族人刘开泰官至江西南赣总兵钦赐提督;刘端弘为海商巨贾,人称"刘百万"。

聚宝街

浯泉笋月畅襟怀，旷达穹门向海开。
环宇宾朋悦色返，十洲商贾盛春来。
临津估楫呼乡客，鉴宝藏家觅玮瑰。①
物阜风和盈港市，甘薯丹荔一庭栽。

---

① 估楫：指商船。清蒲松龄《聊斋志异》："抵关三四日，估楫如林，而盗船不见。"

◎ 聚宝街

聚宝街 位于古泉州城南德济门外。宋元时泉州对外贸易兴盛，海外贾客来泉营商，依宋"化外人，法不当城居"之律，泉州划定德济门外为番商居住、内外互市地域，金银珠宝、绸缎布匹、香料药材、茶叶瓷器等于此集散，故名聚宝街，获称"泉南番坊"。时接待番商机构来远驿设置于聚宝街车桥头。现仍有民居存留异国风貌。

水调歌头·西街

接踵异乡客,趋品老甘壶。城心塔下闲步,堂号响连珠。曾井三朝通政,孝感台魁甲第,小筑缀清居。双塔开元寺,怀纳释道儒。

寻端口,起唐宋,岁千余。敬虔佛国,童叟皆读圣人书。隆运兴文开埠,家宝夷珍互市,吾郡益华腴。凭甚换颜面,守素古桑枲。①

---

① 守素:保持素志。鲁迅《且介亭杂文·河南卢氏曹先生教泽碑文》:"含和守素,笃行如初。"

◎ 西街

西街 位于鲤城区。自唐"列屋成街",泉州海上贸易兴盛促成西街的繁华。其东端临近宋代泉州府衙所在地,整个街区商贸店家连绵、人文景观荟萃,系唐宋间泉州政治、经济、文化中心。开元寺以其中东西塔成为最显著标志。今存有城心塔、曾井巷、甲第巷、三朝巷、甘棠巷、孝感巷、台魁巷、裴巷等景胜,是泉州作为宋元时期世界海洋商贸中心的不朽见证。

花巷

名号兆隆昌，寻源起晋唐。
雁兵称梦粿，夷客叩崇阳。
隔路贤臣院，邻家针黹行。
持诚通政道，心塔正长航。

◎ 花巷民居

花巷 位于中山街西侧。近处原为唐泉州子城南门崇阳门,守城兵士多为蒙古人,因称"蒙古巷",讹称"梦粿巷"。巷中曾有宋真济亭、五代留府埕及明清太仆埕、许厝埕、丁厝埕、黄门埕、关刀埕、新路埕等宅院,史称"真济七埕"。清末万盛扎花店落户巷中,后聚花店数十家,因改称"花巷"。

打锡巷

刺桐开海路,欧亚绽花红。
转撷夷邦里,移栽我邑中。
关南图共济,郡内构和衷。
身起崇阳下,街延学府东。
门坊连旺铺,品概蕴专工。
掌柜名师范,植标俊格风。
艺精传世久,韵雅与时通。
自古堪巢凤,温陵不老松。

◎ 打锡街

打锡巷 今名打锡街，西起中山中路，东至百源川池。传宋元时聚宝街番商聚集，珍宝盈市，锡器系贩往海外主要金属器皿，随之形成锡器加工行业。明施行海禁后，打锡行转至百源川池一带，集为街市，故名。打锡街临近府文庙、铜佛寺，清代设置考棚，一时欣欣向荣。

八声甘州·中山街

伫街衢一望满骑楼,敞鲤邑华轩。顺贞观以降,南端承水,北首朝天。德济崇阳熙攘,花巷夜斑斓。威远泉山韵,昂立坤乾。

雨雪风霜任性,世尘惟难测,沧海桑田。老街坊叙旧,一笑过云烟。正修身,薪传文脉,重乡愁、不悖古容颜。从心许、中宵朗月,故里诚圆。

◎ 中山路历史文化街区

中山路历史文化街区　位于泉州中心市区，为南北主街。两侧骑楼闽南风格与南洋符号交汇，体现泉州多种文化融合的特色与气质。泉州中山路历史文化街区是我国保存最完整的连排骑楼长廊式建筑商业街，2001年荣获联合国教科文组织颁发的"亚太地区遗产保护优秀奖"，2010年入选第二届中国十大历史文化名街。

风入松·刺桐缎

　　故山千里漫桑麻，万树木棉斜。嫂姑轻步听蚕语，喜箩架，雪茧生花。坊巷喧腾梭杼，院庭披挂朝霞。

　　青龙聚宝遍舟车，笑灿老商家。泉丝翁绢温陵缎，驾长帆，直向天涯。经纬衍蓄根脉，风仪胜却双佳。①

---

① 双佳：指宋元时期江浙、燕京一带所产丝绸制品。元代摩洛哥旅行家伊本·白图泰游记中载，此地（刺桐城）织造的锦缎和绸缎，也以刺桐命名。该城的港口是世界大港之一，甚至是最大的港口；刺桐城极扼要，出产绸缎，较汗沙（杭州）及汗八里（北京）二城所产者为优。

◎ 开元寺千年古桑

刺桐缎 《马可·波罗游记》记载,泉州刺桐缎畅销南洋与欧洲。泉州织造业兴于唐,盛于宋,延续至明清。据传,开元寺原址庄主黄守恭系唐泉州桑蚕业开拓者。史书载有"泉绢""贡丝";唐代韩偓的"桑梢出舍蚕初老"、宋代苏颂的"绮罗不减蜀吴春"等诸多名臣咏颂泉州诗赋流传至今。宋于泉州设立市舶司、南外宗正司,引入中原纺织技术,促进海外商贸,助推泉州成为全国织造中心,"泉缎"著称海内外。

八声甘州·苦寨坑古窑遗址

正丙申佳讯趁春芳,一鸣彻金瓯。看岭坑苦寨,卧龙跃起,质朴神遒。麟甸逶迤碧翠,畅古韵横秋。珠缀桃源邑,归誉先俦。

岁序三千七百,自夏商构火,沧海田畴。幸今朝崛出,立新说赳赳。久成论、青瓷始制,数德清,值此易泉州。诚歌赋、国华璀璨,瑰宝星稠。

◎ 苦寨坑古窑遗址

苦寨坑古窑遗址　位于永春介福乡紫美村西南面，分布范围约1500平方米。20世纪80年代发现古代窑炉遗迹；2015年12月，考古人员根据村民提供的线索，发现并确认苦寨坑窑址；2016年考古发掘，出土大量陶瓷器标本，经测定，该窑址距今约3800～3400年，被确定为全国最早使用龙窑烧制原始瓷器的遗址之一。永春苦寨坑窑址把我国烧制原始瓷的历史向前推进200多年，把福建陶瓷烧制史向前推移千年。被列入2016年度全国十大考古发现。2019年，被公布为第八批全国重点文物保护单位。

雪梅香·梅岭古窑遗址

越重岭，岑岩壑谷觅陶文。就残痕遗片，寻瞻胜概荣勋。甘卧云山任冰火，梦回烘焰弄星辰。竟千载，礼奉家邦，长举壶樽。

奇珍。焕华彩，象牙青花，碧翠缤纷。雪白澄明，遍称瓷宝之尊。耕艺精严铸图典，薪传才略励恭勤。延淳愿，趁取晴和，腾鬻鹏鲲。

◎ 梅岭古窑遗址

梅岭古窑遗址 位于德化县三班镇泗滨村。遗址现大型龙窑、阶级窑遗迹，据考证在其鼎盛时期有50余座窑炉同时存在。出土器物包括宋、元、明、清瓷器及烧制工具残件。德化瓷以白见长，获誉"中国白"，是宋元时代主要出口商品之一，梅岭窑址亦为主要生产基地。德化于唐代编纂了世界最早的《陶业法》，并绘制了世界上第一幅陶瓷工厂规划设计图《梅岭图》。

月记窑

霄岭卧炎凉,新晖话海桑。
熏风彰慧勉,炽火复焜煌。
油滴明清韵,兔毫唐宋光。
时和春不断,琼蕊溢芬芳。

◎ 月记窑

月记窑 位于德化县三班镇蔡径村，系明清时期名窑，距今400余年，所产瓷器于明清远销海内外。德化龙窑始建于唐中晚期，宋时屡有改进，窑身加宽，窑体延长，此窑型至明清仍予沿用。德化尚可烧制的龙窑仅存3座，以月记窑最为悠久。2009年以月记窑为基点创建当代国际陶瓷艺术中心。

安溪茶

本山金桂泛清溪，欲撷乌龙云作梯。
灵鸟品香骚客撰，观音冠铁御书题。
誉萌深涧多珍贡，光泛夷洲映紫霓。
溢韵浩波香满路，舱舱嘉意越洋西。

安溪茶 宋元泉海上商贸出口大宗货品之一。安溪茶以乌龙茶为主，主要品种有铁观音、黄金桂、本山、毛蟹、梅占、大叶乌龙等，以铁观音最为著名。乌龙茶为宋代贡茶龙团、凤饼传衍而成，据《安溪县志》，安溪人于清雍正三年（1725）首先发明乌龙茶做法，后传入闽北和台湾。

◎ 安溪铁观音发源地西坪镇

苏幕遮·永春香业

达埔梅，蓬壶桂。一瞥庐园，芍药争璀玮。白芷紫檀融玉蕙。凭菊花台，月向轻烟醉。

谷蒸霞，山叠翠。万里祥云，越海温陵会。漫论蒲门功与罪。但喜香都，佛手书清蔚。

◎ 永春制香厂晒香场

永春香业 永春主产业之一。香料是宋元泉州海洋商贸大宗进口货品。宋末,阿拉伯人后裔蒲寿庚任泉州市舶司提举,掌控香料进口多年,其家族传承制香技艺。清顺治年间,蒲氏后裔迁居永春达埔,带入制香手艺,开启永春制香业。现今永春除制作神香,还研发生产多种保健香品,获誉"中国香都"。

甲第巷

名衔鹤立托欧阳,闽学启宗延世昌。
种李栽桃开气运,崇文兴教裕州乡。
双嘉勋绩清声远,少岳德功殊誉长。①
泉郡贤才修隽望,海樯云路焕春芳。

---

① 双嘉:陈嘉庚、卢嘉锡;少岳:张文裕,曾用名张少岳。

◎ 甲第巷

甲第巷 位于鲤城区,北起西街,南接新门街,为欧阳詹故宅所在街巷。欧阳詹(755—800年),字行周,晋江潘湖人,担任国子监四门助教。贞元八年(792)与韩愈诸名士同登进士,时称"龙虎榜"。欧阳詹系闽南登甲第一人。《闽政通考》载:"欧阳詹文起闽荒,为闽学鼻祖。"其家居移入泉州城内,所在街巷因称甲第巷。

南音

缘追秦汉起箫琴,雅板清铃和素吟。
闽越晋唐宽海路,管弦丝竹畅胸襟。
宫商隐隐坛堂梦,角羽潇潇桑梓音。
彼岸郎君邀曲友,琵琶横抱诉乡心。

◎ 南音业余组合

泉州南音 又称"南曲""弦管"等,系我国现存历史最为悠久的古乐,获称音乐"活化石"。南音于两汉、晋唐、两宋由中原传入闽南,与地方音乐融合,孕育而出。宋元泉州海洋商贸繁盛,促进南音成型流播。今南音流行于闽南、台湾及东南亚华侨居住区。南音曲牌多与唐宋大曲、法曲类似,配乐中琵琶保持唐代横抱姿势,与《韩熙载夜宴图》相似,"拍板"及其演奏方式与敦煌壁画伎乐图相近。

梨园戏

唱念悠徐起刺桐,下南上路乐和衷。
文生花旦三番净,锣鼓箫琴十八功。
庄尚寒窑明夙志,谐追荔镜衍贞风。
连台泉韵穿洋过,曲曲乡关明月中。

◎ 梨园戏《朱买臣》剧照

梨园戏 闽南语系的地方传统戏剧之一。发源于宋元泉州,与浙江南戏并称"搬演南宋戏文唱念声腔"的"闽浙之音",获誉"古南戏活化石"。流行于闽南语地区的泉州、漳州及台湾等地,传入东南亚华侨旅居地。梨园戏分大梨园、小梨园,大梨园分上路戏、下南戏,保有《吕蒙正》《荔镜记》等传统剧目。

提线木偶

天南地北手提间,玄德公明一线牵。
爱恨情仇随演义,升平歌舞喜连篇。
管弦堂上招邻舍,锣鼓田头震晓天。
过海悠扬乡土韵,相携老幼乐台前。

◎ 提线木偶戏《钟馗醉酒》剧照

提线木偶 古称"悬丝傀儡",俗称"嘉礼"。艺人用线牵引木偶表演,系流行于闽南方言区的古老珍稀传统剧种。传唐末王审知入闽,聘请中州名士,随带傀儡戏具以供娱乐,傀儡戏即传入泉州,于宋代在泉州民间广为流传。明清傀儡戏与民俗仪式结合,趋于成熟,从片段、杂耍走向表演历时久远、场景宏大、人物繁多的历史戏剧。泉州傀儡戏流播于台湾及东南亚华侨聚居地。

一剪梅·天主堂

入步中原七百秋。礼拜温陵,尤领先头。逆行违义懊鱼离,随尾烟枪,再渡江州。

释道儒宗从善修。互作原由,羽翼长留。结缘闾里事重兴,哥特桑莲,相守鸿俦。

天主堂 位于鲤城区花巷西段许厝埕。始建于1926年，为旅菲泉籍华侨陈光纯资助建造。

◎ 天主堂

泉南堂

跨山连水识初唐,斋祷兴明聚圣光。
海国晓钟期散叶,神州襟宇乐分香。
南邦邹鲁开源远,弥撒禅门聚日长。
双塔洛桥诚纳客,共修桑梓步康庄。

◎ 泉南堂

泉南堂 基督教堂，位于鲤城区中山路。基督教自唐贞观年间传入中国，随后传至泉州，时称"景教"，元时称"也里可温教"。元大德年间泉州曾设基督教堂兴明寺。清代同治年间英国长老会牧师杜嘉德到泉州传教，成立泉南堂。

风入松·陈埭丁氏宗祠

向传陈埭万人丁。桂宇起荷庭。出砖入石腾龙脊,分明是、泉郡瑰琼。却道波斯嗣裔,飐绵辈辈簪缨。

念追丝路历峥嵘。开海越东溟。摇篮血迹长无忘,归乡梦、环此牵萦。新有方舟来谒,同植松柏常青。

◎ 陈埭丁氏宗祠

陈埭丁氏宗祠 位于晋江市陈埭镇岸兜村,始建于明代初年,全国重点文物保护单位。丁氏先祖赛典赤瞻思丁(1222—1279年)系阿拉伯人,官拜平章政事。其后裔元时入泉行商,裔族于明聚居陈埭,取其祖名尾音"丁"字为姓。1991年初,联合国教科文组织海上丝绸之路考察团莅临考察,于陈埭丁氏宗祠一侧种下象征友谊的常青树。

苏幕遮·百崎郭氏家庙

沐晨风,迎晓霭。燕脊龙腰,器宇温陵态。隐显清真承史载。浴火流迁,崎水迎祥泰。

揽双江,襟似海。溯脉波斯,承续西周派。文睿武英频叠彩。贞范延光,新辈争模楷。

◎ 百崎郭氏家庙

百崎郭氏家庙 位于惠安百崎回族乡百崎村。百崎回族先民系于宋元来华经商的阿拉伯人。元时郭德广奉命来泉，安家泉州，居东街，后迁住法石。其次孙郭仲远于明洪武年间迁入百崎。后裔与汉文化相融合，建造郭氏家庙，族人家宅门匾题书堂号"汾阳衍派"。

世家坑

邻邦盟好本相宜,栖寄涂门忍忿悲。
宗裔悟禅尊梵谛,族孙归化毓贤奇。
匾题东石锋毫现,职奉洛桥声誉驰。
灵岳隐声传大纛,云程飞举奋行旗。

◎ 世家坑

世家坑 世姓家族墓地，位于清源山北麓。史载，明天顺年间，锡兰王子世利巴交喇惹出使中国，因其国内变故而留居泉州。后裔取"世"字为姓，于清初于涂门街建有居所。台湾世氏后裔所藏清代《世家族谱》载："厥后，归途路经温陵，因爱此地山水，遂家焉。"世姓后裔于晋江东石留有题匾，于洛阳桥碑留有参建记载。1996年清源山北麓东岳山现"世家坑"崖刻及标有"锡兰""使臣"等字样的明清墓家群，经考为居泉锡兰王子及其后裔墓葬。

踏莎行·番佛寺

　　暮日沉西，风庭孤寂。槐叟碑老秋中立。乡邻犹奉七分诚，衍香脉脉吟幽忆。

　　天竺遐宾，宋元留迹。懋敦鸿裔添勋绩。风帆茶马驾春潮，温陵勤敏舒新翼。

◎ 番佛寺遗址石碑

番佛寺遗址 位于鲤城区宣武巷。传元末驻泉阿拉伯族裔建造印度教寺庙，时称"番佛寺"。清道光《晋江县志》载"番佛寺池，在城南隅"。后番佛寺坍毁，其部分石件于明代被移嵌于开元寺构造。泉州是我国唯一发现印度教寺庙的城市，是中国与印度悠久的贸易往来与文化交流的力证。

浪淘沙（双调小令）· 白耇庙

瓦墁接晨曦。朱翠相宜。秋霜春雨砺遐期。凡犬堂皇登圣殿，自古称奇。

来谊借佳时。不意流离。幸承灵兽解垂危。似海胸襟尊义理，奇亦无奇。

◎ 白耇庙

白耇庙 位于鲤城区县后街、模范巷交界处。据清代地方志书记载，因奉祀毗舍耶（印度洋山神，形似白狗），故得"白耇庙"之俗称。亦传世姓先人由锡兰来泉时，曾获灵犬救助，因以建庙祀奉。泉州地方史学家吴文良经考证认为："泉州白耇庙可能是一座锡兰人兴建的印度教寺庙。"此判断获北京故宫博物院专家认可。

石笋

凌空一柱镇关山,惟近乡邻岂接官。
不解惠连甘怒断,堪欣成化乐贞完。
疑归异域图腾物,信属家邦儒道坛。
孤古惯听迎远客,风清月朗笋江宽。

◎ 石笋

石笋 实心石塔，位临漳门（今新门）外三千坛接官亭附近龟山西南麓。状如巨笋耸立，故称。《泉州府志》载："宋郡守高惠连以私憾击断石笋，明成化间郡守张岩补而属之……"据传，石笋始立于唐，或为原始部族图腾遗物，或为婆罗门教、印度教神祇构造。石笋近侧晋江江段因称笋江，北宋皇祐年间所造通济桥亦称"石笋桥"。

泉州鹿港对渡碑

情牵陆岛筑梯航,惟重同根互榷商。①
榜志雍容诚傲立,津关畅洽乐群翔。
入心舟楫穿梭久,失意圭碑泛泊长。
无奈潮消趋简寂,何甘玉碎任炎凉。
开明乡邑迎春序,怀古贤师续宝章。
巧获残篇追秀整,好将圆镜焕焜煌。
热衷本愿星晖闪,添墨汗青时誉扬。
但化和风旋过海,相偕昆仲慰沧桑。

---

① 榷商:货物专卖。明徐渭《代送通府王公序》:"以名进士历工部郎大夫,奉命董填榷商于山东、江、浙之间。"

◎ 泉州鹿港对渡碑

泉州鹿港对渡碑 即蚶江海防官署碑，位于石狮市蚶江镇前垵村清代海防官署遗址内，系大陆现存记载闽台对渡史的唯一碑记。《台湾开发大事记》载，清乾隆年间开放台湾鹿港与泉州对渡通商。时置海防官署于蚶江，统管泉州一府五县（泉州及晋江、南安、惠安、同安、安溪）对台贸易。清嘉庆间立"新建蚶江海防官署碑记"碑刻。

永遇乐·威远楼

翘脊飞檐,绮梁华栋,堂宇光璨。岁岁元宵,繁灯皓月,对映春光满。悠悠弦管,烘烘鼓乐,歌赋刺桐温婉。畅胸襟、尊仪和美,德融谦恭威远。

泉山互济,崇阳相守,同铸闽阁伟岸。雄镇津关,屡驱灾患,挺峙摩霄汉。秉持忠耿,率航丝路,诚度樯桅如愿。好时势,侨辈奋敏,续征浩瀚。

◎ 威远楼

威远楼 位于鲤城区中山北路中山公园旁。传五代王审知入闽后于泉州州治前建双阙，南宋乾道年间知府王十朋重修北楼，称其与黄鹤楼同为"天下名楼"；元至元年间泉州路达鲁花赤契玉立重建北楼，取名"威远楼"。威远楼乃泉州城标，载入多国航海游记。

第三篇

海丝泉州览胜绝句百首

◎ 石狮蚶江后垵澳古渡

世遗史迹经典

（二十二首）

九日山祈风石刻

寄愿长帆趁海流，镌书丝路启方舟。
通和异域温陵起，盛典重光励骏猷。

市舶司遗址

铭碑谨肃读清溪，帆影希微船号低。
欲向南薰寻旧梦，甘泉一井映新霓。

德济门遗址

久藏宏阔忍深幽,重沐天风南埠头。
隐现番坊商旅满,一怀苍朴畅清遒。

天后宫

修身湄岛暖遐疆,每念温陵是故乡。
助顺浩波茶马路,德声相与月星长。

真武庙

筑坛涯岸历千霜,惟放山光接海光。
俯念亲邻驰志远,偕行顺济奉宁方。

南外宗正司遗址

孤树青碑衬暮霞,犹闻翁仲念皇家。
欲追烽火景炎事,但越温陵宋无花。

府文庙

千载兴文拜盛尊,海滨邹鲁壮心根。
争听除夜南音暖,黎庶从容步正门。

开元寺

桑本皈依奉宝莲,梵天流翠月台前。
摩云双塔华缘广,虔敬邻家贝叶篇。

老君岩造像

和雍素朴沐朝暾,坐定泉山修道尊。
未必铸成梅鹤骨,天人一契曜乾坤。①

清净寺

波斯穹顶缀通淮,圣友传音明善斋。
呵护何须颁敕谕,温陵自古好天怀。

---

① 一契:谓契合为一,借指相互融合。晋王羲之《兰亭集序》:"每览昔人兴感之由,若合一契,未尝不临文嗟悼,不能喻之于怀。"

伊斯兰教圣墓

灵山四序比春时,千载居贤传远思。
万里不辞云谊路,鞠躬东土好求知。

草庵摩尼光佛造像

慈慧天成凭素颜,长晖灵彩万岩间。
摩尼惟此存遗韵,不负盛名华表山。

磁灶窑址

陶瓮瓷盅闯大洋,梅溪窑匠破天荒。
鸿炉烟烬温千载,一晓重晖唐宋光。

德化窑址

千秋窑底焕新红,珠滴纤毫甄育功。
屈斗匠心惊海陆,流光马可纪行中。

安溪青阳冶铁遗址

茗韵流芳时日长,方闻炼火灿星光。
辟荆坑冶开先步,奇诧茶乡兼铁乡。①

洛阳桥

欲起鸿梁惠本乡,蚁群蕉叶话担当。
诒谋万古安澜计,港埠交融焕炽昌。

---

① 坑冶:唐宋以来称金属矿藏的开采与冶炼,亦泛指矿藏。《宋史·徽宗纪一》:"(崇宁三年二月)庚申,令天下坑冶金银复尽输内藏。"

安平桥

天下无桥长此桥,鸿江胜概与时娇。
昌延胡贾同圩市,溟渤新航竞弄潮。①

顺济桥遗址

德济醇熙荟贾商,三洲月下起双梁。
何堪折翼江天冷,欲焕韶颜续凤翔。

---

① 溟渤:泛指大海。唐杜甫《自京赴奉先县咏怀五百字》"胡为慕大鲸,辄拟偃溟渤。"

江口码头

雍容泉邑敞津门,夷我情融共举樽。
犹看渡头操橹汉,豪怀阔荡大乾坤。

石湖码头

和融江海向重洋,通济劈波迎万商。
风骨续传薪火旺,香城不夜入霞光。①

---

① 香城:指佛国。唐王勃《益州绵竹县武都山净慧寺碑》:"武都仙镇,龙墟奥域,邑动香城,山开净国。"泉州古誉"泉南佛国"。

六胜塔

栖依凤麓秉金钗,擎架辰星逐翳霾。
披豁岱门津路阔,心灯一盏敞诚怀。①

万寿塔

邈远沧波逐迅飙,从容浩瀚借扶摇。
凌云迎引归舟路,撷取星晖耀九霄。

---

① 披豁:开朗,明亮。宋苏轼《凌虚台》:"青山虽云远,似亦识公颜。崩腾赴幽赏,披豁露天悭。"

郡县山川地标

（十六首）

清源山

遍涌清泉叠巘间，梓桑因号每丰颜。①
云帆沧海标心路，闽海蓬莱第一山。

紫帽山 ②

层云凝彩上巍岑，金粟初盈恭孝襟。
且莫百崖追刻意，修成大冶遂真心。

---

　　① 因号：因得名号。唐李白《泛沔州城南郎官湖》："郎官爱此水，因号郎官湖。"

　　② 紫帽山：位于晋江市紫帽镇。"紫帽凌霄"为泉州古十景之一。与清源山隔江相望，亦称"对山"。清源山、紫帽山、朋山、罗裳山为"泉州四大名山"。史载唐时元德真人居山中金粟洞修真。南外宗正司移入泉州后，多有皇族于金粟洞礼佛。传宋宁宗避居紫帽山，为金粟洞题书匾额。山中有"心"字崖刻百方。

戴云山①

挺秀开蛮野，凌霄星月尊。
哲贤擘雪顶，雄阔竞昆仑。

晋江源②

流川辗转向瀛寰，溯本茶乡百仞山。
斜屿笋浯同脉律，开襟拓海自相关。

---

① 戴云山：戴云山脉为福建中部山地，纵贯南北。主支北段为尤溪和梅溪、大樟溪的分水岭和发源地，南部为晋江发源地。2005年，戴云山被列为国家级自然保护区。主峰戴云山又名"迎雪山"，位于德化赤水镇戴云村，系泉州境内最高峰。南宋理学家朱熹、明代大学士张瑞图等曾登游戴云山。

② 晋江源：晋江上游为东溪、西溪两大支流。东溪发源于永春锦斗镇，西溪为晋江正源，发源于安溪县桃舟乡达新村附近的斜屿山，两支流交汇于南安市丰州镇，于丰泽蟳埔、晋江溜石一带入海。晋江系泉州拓展海上丝绸之路联通内陆主要通道，唐宋时期商舶可达南安丰州九日山下金溪渡，驳船可达永春许港码头。

东西塔①

唐时风骨宋时潮,韵取温陵盖世骄。
并峙云端开爽霭,加持金鲤跃重霄。

桃花山②

谨守津关惟止戈,双龙入海探风和。
堪挥墨彩由心染,一径乡思鸣玉珂。

---

① 东西塔:位于鲤城区西街开元寺内。开元寺始建于唐垂拱年间,初名莲花道场。东塔名镇国塔,西塔名仁寿塔,始建于唐,初均为木塔,南宋先后易为砖塔,东塔于嘉熙至淳祐年间改建石塔、西塔于绍定至嘉熙年间改建为石塔,成为我国古代石构建筑瑰宝。

② 桃花山:位于丰泽区城东街道东南、东海街道东北交界。为清源山东支余脉,与南台岩、灵山构成同一轴线。西接大坪山,东濒洛阳江口,可见"双龙入海"奇观。2002年辟为森林公园,面积约5平方公里。园内金山古寨始建于南宋,初为泉州市舶司望云楼,明末为郑成功部扎营演兵指挥台。

双髻山①

涧水推波海路宽，风帆驰骋入云端。
挂牵邻舍弄潮远，延亘川流道万安。

大雾山②

祗承椽笔倡斯文，野墺骞翔鸿鹤群。③
莫信津途天数定，机缘着意赐谆勤。

---

① 双髻山：又名"丰山"，位于洛江区马甲镇。南北朝时祀何氏九仙，因名"仙公山"。中有丰山洞、朝天阁、仙足迹、出米石等胜景，保有朱熹、王十朋、张瑞图等文士摩崖石刻。洛阳江上游流经双髻山麓，注入乌潭水库，下游经万安入海，出海口为刺桐古港后渚港。

② 大雾山：位于泉港区境内，为泉港区最高峰，系泉港区主要地标。大雾山群峰中最著名为笔架山，位于泉港区与惠安县交界处，因形似笔架得名。山中笔架寺建于隋朝，另有"仙桃敬天""仙翁背米""天桥"等奇观。传因有笔架山、文笔山，惠安、泉港一带尚学兴教之文风颇盛，世代相传。

③ 祗承：敬奉，祗奉。《尚书·大禹谟》："文命敷于四海，祗承于帝。"

宝盖山[①]

擎灯迎海起,云表耀贞途。
身与千帆伴,大孤山不孤。

罗裳山[②]

崛立原畴挽海山,紫云朋岭共乡关。
何当饮马龙湫井,直待周邻楫橹还。

---

① 宝盖山:位于石狮市宝盖镇,石狮市最高峰。因方圆十里唯此山峰,亦称"大孤山"。明黄克晦诗曰:"乱嶂江边出,大孤山最孤。"南宋泉州海洋商贸繁盛,于宝盖山峰顶建造万寿塔(亦称"关锁塔""姑嫂塔")以作航标。明广西按察使苏濬诗赞:"千杯迎海市,万里借扶摇。"

② 罗裳山:位于晋江市罗山街道,俯视泉州湾、安海湾诸港,系晋江主要地标之一,与清源山、紫帽山、朋山并称"泉州四大名山"。罗裳山因唐代罗隐流居山中,画马于石而得名。画马石犹存,位于山中玉髻峰。罗裳山另有龙湫井等景胜。

天柱山①

春采云茶甘韵浓,秋摹万寿赋苍松。
攀寻铁拐酣然处,意在八仙琴弈踪。

文笔山②

墨彩轻蘸向碧空,读耕滋衍里邻风。
地无肥瘦栽松柏,砥柱衡梁臻世功。

---

① 天柱山:位于南安市蓬华镇。又名"万寿山"。顶峰巨岩凌霄,为南安主要地标之一,丛山间一天然巨石有如立佛。山巅佛教寺庙天柱岩寺始建于南宋咸淳九年(1273)。传八仙入天柱山游览,陶醉山水,布棋对弈,三天不忍离去,铁拐李于华美桥下石板留有足印。

② 文笔山:位于惠安县涂寨镇。传明洪武年间于县衙所对平顶山上筑石为尖顶,取意"文笔朝天",其山易名为文笔山,与县城西北笔架山遥相呼应。惠安古来具"地瘠栽松柏,家贫子读书"之俗,文运昌盛,人才辈出。

太华尖[1]

青苍本素颜,叠韵水云间。
峻挺宗华岳,兰馨赋静闲。

雪山[2]

云峰甘傲雪,秀麓蕴铿锵。
不尽东溪水,清雄励梓桑。

---

[1] 太华尖:位于安溪县感德镇西部,系安溪县第一高峰。山中泰华峰寺始建于宋。清乾隆《安溪县志》载:"突兀崚嶒,四时烟云,常覆幽崖绝壁之间,古寺高悬,左五湖,右石室。宋时显应禅师修真于此。"因山峦重叠、奇岩耸立,古借华山西岳雅称命名为太华尖。山间五叠瀑蔚为奇观。

[2] 雪山:位于永春县呈祥乡。戴云山脉第二高峰,永春县第一高峰,誉"永春群山之宗""闽南庐山"。晋江上游两大主支流之一东溪发源于雪山。山中雪山岩寺始建唐代光启年间。《永春县志》记载:"雪山岩在雪山之上,有池四时不竭。"

九仙山①

欲赏枫红念雾凇,凭临峻邈咏思浓。
最崇寒暑甘孤苦,巡守风云惟笃恭。

北太武山②

根脉古相随,襟袍共喜悲。
晨风鼓浪起,飘举五星旗。

---

① 九仙山:位于德化县赤水、上涌、大铭三乡镇交界。据《德化县志》记载,昔有道士九人居此修道仙去,故得名。传南北朝有隐士于山中修行,唐建灵鹫岩寺等寺庙,佛教兴盛,香火远播闽台及海外。今存唐弥勒石刻造像、元戴冠观音石刻造像及明大学士张瑞图等文士手书匾额、摩崖石刻等。峰顶设有福建省唯一高山气象站——九仙山气象站。

② 北太武山:位于金门岛中部。金门亦称"浯洲",北太武山为金门最高峰,与隔海相望的漳州南太武山为"姐妹山"。山中海印寺始建于南宋咸淳年间,与相邻三平寺、九侯禅寺等,皆与泉漳同名寺院同源同宗。

港埠津渡海舶

（十五首）

宋古船

乡关海暖任沉眠，八百春秋忽见天。
筋骨铮铮炎宋韵，家邦添撰铸魂篇。

后渚港

刺桐怀畅坠门头，开埠迎帆事远猷。
一港古风身未老，新程浩荞竞飞舟。

围头港

连脉浯洲潮涌间,由来唇齿共津关。
烽烟弹雨前时事,不尽甘霖源故山。

安海港

通衢陆海久非凡,时货奇珍长领衔。
敢就鸿江风物盛,重承大略驾长帆。

东石港

海门东踞早逢春,津路先兴小火轮。
再续乡山圆璧梦,千帆竞渡启新辰。

石井港

绝尘征甲荡雄风,连阵战帆凌昊空。
鳌海长怀英气壮,江山一统映霞红。[①]

---

① 鳌海:石井港所在石井镇为郑成功故里,辟有郑成功故里文化园,门联嵌有"鳌海驱涛""杨山捧日"词语。

蟳埔村

积惯穿飞雪浪堆,夷邦蛎骸稳舱回。①
翻成素壁臻荣秀,花髻红衫并伟瑰。

石头街

寻迹文兴望海楼,爱听丝路领风流。
同侪续展鸿鹏翼,复驾云帆竞五洲。

---

① 积惯:积久惯熟。清黄六鸿《福惠全书》:"宜于久充多年积惯老成之中,择其精健有智识者另拔为一班。"

土坑村

深院连庭耀世勋,纷呈文武古凌云。
宾朋接踵乡园热,持护家珍尤恪勤。

惠屿岛①

旷古荒岩半岛沙,忽临春煦入渔家。
一村初绿云朋满,晚赏鱼鲜朝品茶。

---

① 惠屿岛:位于泉港区南埔镇,为泉州海岸线北端重要商港肖厝港天然屏障。面积约2平方公里,是泉州唯一海岛行政村。原为贫困村,2003年泉州施行挂钩扶贫,一揽子安排海底电缆、海底供水管道、程控电话设备以及扩建码头、改造学校、新建村部等基础设施建设,配置机动交通船,资助发展濒海养殖业、旅游业,惠屿岛迅速脱贫,近年村民人均年收入位居全市农村前列。

大佰岛①

凭看狂风荡激流,汪洋一叶不沉舟。
徜徉虎旅平安道,故梦重圆信可酬。

青龙桥

一身清素伴麒麟,千载由衷畅港津。
犹信惠民根基健,镌功帆海奉渊淳。

---

① 大佰岛:位于南安石井镇,无人居住,面积约 0.3 平方公里,距金门岛约 6 海里。郑成功曾于此海域操练水师。一水井传为郑成功水师瞭望所开凿,至今不枯;一礁石传为郑成功"下船石"。存有郑成功部东渡水道遗迹。

东关桥①

良谋巧构继长年,海客身疑画卷前。
仨问耕樵今岁事,桃源益寿岂修仙。

溜石塔

锐身津渡举云光,竦峙关陲励远航。
征海魂牵浯笋月,华灯引翼早还乡。

---

① 东关桥:位于永春东关镇湖洋溪。亦称"通仙桥",始建于南宋绍兴年间,系泉州西北山区连通沿海之要道。其廊桥构造闽南罕见,"睡木沉基"技艺独特,载入《中国名胜词典》。2016年9月超强台风袭击损毁,次年重修,保留宋代桥梁特质。惠安诗人王健侯1945年《永春道中》诗曰:"小憩东关日气骄,行程于此问耕樵。粉墙墨瓦林间屋,青盖红栏水上桥。座畔客多新茗试,龛中佛古篆香烧。春山槛外笼烟立,朵朵芙蓉护碧绡。"

石笋

拙朴千秋镇浩涛,纵观丝路自当豪。
欲抒新立飞天志,步入温陵玉树高。

互市街衢珍货
（十一首）

聚宝街

山乡车马海邦船，争渡关南待晓天。
茶号瓷坊丝锦铺，清明河上邑门前。

西街

唐风宋韵漫街头，法界桑莲迷客流。
惊叹岂唯双塔美，红砖宅畔小洋楼。

中山街

通观南北自雍容,一脉骑楼星岛踪。
鸿略古今依港埠,犹承晋水跃青龙。

打锡巷

升炉聚宝映霓虹,移向川池比匠功。
东铺龙纹西铺凤,誉声留与刺桐红。

花巷

雁乡巴特倚崇阳,驰马放歌怡贾商。
沧海扬尘犹梦粿,赓扬真济誉声长。

泉州丝绸

桑畴连亘紫云黄,昏晓梭鸣吉贝庄。①
越海贡丝追市舶,犹闻宗院唱流觞。

---

① 吉贝:爪哇木棉,落叶大乔木。宋彭乘《续墨客挥犀》载:"土人竞植之,有至数千株者。采其花为布,号吉贝布。"

苦寨坑古窑遗址

跃身岑岭破蛮荒,余烬追源起夏商。
重撰青瓷开制史,桃城熠熠耀新光。

尾林古窑遗址①

水碓浆池竞瑾瑶,潦溪腾跃赤龙骄。
家山幸蓄鸿书老,辩证清窑叠宋窑。

---

① 德化尾林古窑遗址:位于德化县三班镇潦溪两岸尾林山一带。在此发现多处宋元瓷窑、瓷土作坊遗迹,出土大量宋元瓷件,多与"南海一号"等沉船瓷件相同。窑炉有龙窑、阶级窑等;瓷件有宋元青白瓷、明代白瓷、清代青花瓷及军持、"马可·波罗瓶"、粉盒、瓷雕等品类;作坊区有水陂、水渠、水碓、浆池等设施,完整揭示德化窑从宋元至明清的演变轨迹,获誉"一窑跨千年"。

月记窑

承续蟾光万历间,鹅绒飞出戴云山。
夷宾同举新秋火,一额坯浆衬笑颜。

安溪茶

观音毛蟹本山珍,凤饼龙团列贡频。
携伴德邻行异域,流芳长海启贞辰。

永春香业

蒲枝檀本隐蓬壶,丛倚辛夷灵草株。
化育芷兰臻雅业,舒扬意气入屠苏。

治所衙署卫城

（十四首）

威远楼

鸱吻燕脊古谯楼，隐隐箫琴唱豫州。
诚励街坊驰志远，纷呈遒迈铸鸿猷。

来远驿

劲橹催帆赶晚潮，宾朋鱼贯上车桥。
溪茶建盏明晨事，德济门头醉一宵。

金山寨

孤堡凌空好测天,雄关虎踞凯歌旋。
放怀骨肉重圆路,待命劈波争阵前。

永宁卫

海疆三卫镇坤乾,闽域要冲唯我先。
街洗惟思凶寇在,鳌城重构抵云天。

崇武古城

定海安民壮铁军,东溟逐寇著殊勋。
弹痕长志家邦耻,永镇风涛守霁氛。

郑成功焚青衣处[①]

腾焰誓师抒至情,不贪财赂不贪生。
勋荣每与山河驻,敦勉吾侪奉赤诚。

---

① 郑成功焚青衣处:位于丰泽区北峰招联社区,原南安文庙前。

施琅故里[①]

轻风息浪仰尊侯,义胆石书闳骏猷。
亢厉新驰征海路,南浔铁汉竞头筹。[②]

俞大猷故里

纬武经文义志长,歼倭斩寇固圻疆。
沉浮未容盈腔血,融暖家山尽热肠。

---

① 施琅故里:位于晋江龙湖镇衙口村(旧名南浔)。施琅统一台湾后受赏兴建府衙,村名因称衙口。存有施琅练功"义胆石"。

② 亢厉:奋扬。三国魏曹丕《报吴主孙权》:"将军其亢厉威武,勉蹈奇功,以称吾意。"

戚继光雕像

戍北征南镇海东,偕龙跃虎铸双雄。
驰师必胜英威振,彪炳崇城教化功。

莲城卫①

驱倭斩寇勇横枪,屯卫连环壮海疆。
一统斯文存志远,笃持初愿护耕桑。

---

① 莲城卫:位于惠安净峰镇莲城半岛。古称黄崎城,建造于明洪武年间。城楼文昌阁楹联有"东海滨北海滨斯文一统"句。

泉州鹿港对渡碑

玉篆分身坠堑渊,贤师合璧幸成全。
弟兄筋脉同根本,隔岸相期一梦圆。

急公尚义坊①

持真守朴纪先贤,承继豪风气贯天。
延仰雍容凝笃定,梦驰征海虎营前。

---

① 急公尚义坊:位于丰泽区仁风街东岳庙前。清康熙年间文渊阁大学士李光地奏请旌表其八世祖李森所立。"急公尚义"题额系康熙帝手迹。李光地(1642—1718年),字晋卿,安溪县湖头镇人。康熙年间进士,官至文渊阁大学士兼吏部尚书。协助平定三藩之乱、统一台湾。李森(1398—1463年),字俊茂,慈善家。

蔡氏古民居①

连庭叠进续腾龙,畜旺粮丰逐岁从。
秉义怀仁播誉远,惟衷乡土事耕农。

大兴堡②

孤城隐入万重山,楞枋阶残力未闲。
标异家珍驰俊誉,犹怀矜重梦初颜。

---

① 蔡氏古民居:位于南安市官桥镇漳里村。系旅菲华侨蔡启昌、蔡资深父子于清同治、宣统年间所建。蔡氏父子从商有成,秉持"久远之业,商不如农"理念,于故乡购地垦荒,勉励耕植,热心公益,兴学赈灾,并建造连片宅院。现存建筑群宅第十余座,富有闽南建筑艺术,被列为全国重点文物保护单位。

② 大兴堡:俗称"大兴土楼",位于德化县三班镇硕杰村。为土石木结构方形城堡。清康熙年间瓷商郑氏所建,至今约300年间屡被战火焚毁,1942年郑氏族人重修。大兴堡郑氏族裔近年创新瓷品"中国白",屡获褒奖。

文脉传承交融
（二十五首）

延福寺

雍穆莲堂溯泰康，旭峰泉茂武荣昌。
虔诚岁祀祈通远，把舵敢登云路长。

欧阳詹故宅

首登龙榜缀金花，光耀荒隅闽越家。
倡教兴文臻化育，海滨邹鲁展春华。

承天寺

素净鹦山仰律堂,瑰奇环簇石梅香。
飞来双塔缘根脉,莲境新斋沐慧光。

崇福寺

梵衲殷勤忆古松,欣从大鼎话洪钟。
通灵惟属应庚塔,欹侧吾乡秉恪恭。

南少林寺

支脉纷争问故垣,义僧泉郡构松轩。
展延禅武淳诚路,东岳嵩山共本原。

通淮关岳庙

春秋七百本同乡,众庶云臻香火长。
敦劝道行当秉正,来朝不拜又何妨。

花桥慈济宫[1]

炼性无关儒与道,施医不论富和贫。
甘滋入垄千春绿,德业长修续本真。

海印寺[2]

彪炳长航襄理功,苍砖苔石话枭雄。
交关一代崖山事,望海楼头问道衷。[3]

---

[1] 花桥慈济宫:位于鲤城区中山南路。始建于宋绍兴年间,祀保生大帝吴夲。吴夲(979—1036年),字华基,闽台尊称为吴真人、花桥公、保生大帝。史载吴夲于花桥行医,"以医名天下,以济人救物为念,而义不取人一钱","业医无贵贱,按病授药,如矢破的"。

[2] 海印寺:位于丰泽区东海镇宝觉山。始建于宋,传为开山宝觉禅师所建。寺中"朱文公祠"原为朱熹讲学之宝觉书院。宋末,泉州市舶司于此建望海楼,于宝觉山相邻之金山造观云台。

[3] 道衷:情理和心意。《后汉书·应劭传》:"岂繄自谓必合道衷,心焉愤邑,聊以藉手。"

庆莲寺[①]

雁麓莲亭拥释迦,一方纯素放瑶华。
修持唯望尘怀净,德善尤多百姓家。

龙山寺[②]

启引鸿山祥瑞春,慈航手眼誉通身。
灵分台海心根在,为有天涯共玉轮。

[①] 庆莲寺:位于晋江市池店镇雁山北麓。明永乐年间为纪念居士陈庆莲助学而建,初号高山亭。20世纪80年代新加坡高僧宏船法师倡等重修,亲临落成盛典。

[②] 龙山寺:位于晋江市安海镇龙山。始建于隋皇泰年间。寺内千手千眼观音立像系整体樟木雕就。明张瑞图题匾"通身手眼"犹存。龙山寺是台湾200余所龙山寺之祖庙,其中鹿港龙山寺最为古老。2013年,龙山寺被公布为第七批全国重点文物保护单位。

金粟洞[①]

修缘参悟紫云斋,赊谷施春驱翳霾。
九九俗心诚放下,一心于我定真怀。

南天寺

岱岩承瑞兆通灵,衷素石僧长诵经。[②]
虔切泉南禅慧广,清新闳宇续安宁。

---

① 金粟洞:位于晋江市紫帽镇紫帽山。《晋江县志》载:唐元德真人郑文叔修炼于此,道术甚高。相传昔时有客过洛阳,遇羽衣递书与文叔。书到,文叔取粟半升以酬客。客还家,视粟皆成精金,此处故名。原有碑刻"金粟之洞",传为宋宁宗赵扩居泉州时所书。

② 衷素:内心真情。南唐李煜《菩萨蛮·铜簧韵脆锵寒竹》:"雨云深绣户,未便谐衷素。"

西资岩①

灵应分香台海东,唯斯归省效秋鸿。
趺莲卓望惟初愿,合岸来春臻大同。②

凤里庵③

大隐当街市,风狮镇玉阶。
古来惟质朴,豁朗蕴清谐。

---

① 西资岩:位于晋江市金井镇塘东卓望山。《重修西资岩纪德碑》载:"相传创始于隋唐间,岁莫可考。"寺内奉天然巨岩所雕弥陀、观音、势至立像。《新建崇义庙碑》记载所祀主神系从台湾飞凤山"衍香火而来唐",见证两岸民间信仰同根同源。

② 合岸:犹两岸。唐陈子昂《宿襄河驿浦》:"合岸昏初夕,回塘暗不流。"

③ 凤里庵:位于石狮市凤里街道宽仁社区。清光绪《重建石狮观音亭碑》载,此有凤穴,故名凤里,后建凤里庵,筑石亭,旁立石狮,名石狮亭,商旅往来,以石狮为记,久之遂成惯称。庵前尚存隋代石雕"风狮爷",颇具隋唐古风。

五塔岩①

倾听紫岳叩晨钟,着意修禅奉笃恭。
霜井连潮甘素净,遗镌邦土复圆踪。②

科山寺③

勤朴从来是本根,登科先此寄禅门。
细寻高士囊萤处,尚有稚年烟火痕。

---

① 五塔岩:位于南安官桥镇紫帽山西北麓。五塔岩寺始建于北宋,南宋时寺前造塔五座,故称,全国重点文物保护单位。岩下"潮汐井"四时不涸,传宋杨文广率军入闽,曾扎营近处关刀寨,上万将士饮用此泉,明郑成功部亦曾于此驻扎取水。

② 霜井:明净如霜雪的泉井。元陈泰《读信国公诗》:"传灯有记贝书在,飞锡无声霜并圆。"遗镌:古代留下的金石文字镌刻。明何景明《寄徐博士二十二韵》:"雅音凄古调,奇字索遗镌。"

③ 科山寺:位于惠安县城西郊科山顶峰。始建于北宋元祐年间。历代诸多名士曾居科山读书求进。北宋卢瞻于此苦研诗文,元祐年间举为进士,是山改称"登科山",简称"科山",亦称"高士峰"。弘一法师曾三次驻锡科山寺讲经。

清水岩①

枝枝朝北仰蓬莱,罗汉松泉濯雾埃。
净界入碑规制重,禅门济世向阳开。

百丈岩②

怀远亲邻修善缘,悬壶祛疾亦行禅。
仰崇何止千春诵,德义薪传越海渊。

---

① 清水岩:位于安溪县西北蓬莱山。始建于北宋,奉祀清水祖师。祖师俗名陈昭应,永春人,于蓬莱山筑庐修行,造桥铺路,施药除疾,善德广誉。传因祈雨立成,获尊"清水祖师"。寺境置立岩图碑刻,线雕寺院全景,每有修建,必依碑图。清水岩系分灵台湾与东南亚众多清水祖师庙之祖庙。

② 百丈岩:位于永春县蓬壶镇马德山。始建于宋,主奉马氏仙姑肉身佛。传仙姑于此山修道,为百姓治疾,坐化后民众建庙奉祀。寺前五彩巨石似向天烛火,因称百丈岩。宋理学家朱熹,清文渊阁大学士兼吏部尚书李光地、名将施琅,近代高僧弘一法师等曾登临览胜。

香林寺[①]

雪顶从来近梵宫，桑莲传衍刺桐红。
玉瓷香茗同心路，勤勉里邻先著功。

天主堂

温陵宽纳圣灵灯，哥特桑莲隔巷兴。
主客教宗通善义，诚期信众共良朋。

---

① 香林寺：位于德化县葛坑镇湖头村。《香林风物志》载：后周显德年间泉州开元寺僧至德化募建湖山寺；宋天圣年间湖山寺僧释了他择地西林村建西林寺，后获赐额"香林"，易名"香林寺"。释了他（984—1080年），俗姓许，晋江人，与其师弟郑道徽协持西林寺，圆寂后获封智云许公祖师、郑公祖师；明永乐年间受封"文武状元"，圣旨牌至今供奉于香林寺。

泉南堂

兴明初立倚崇阳,蹈海襟胸云谊长。
缘起惟虔从善事,钟鸣不负共晨光。

陈埭丁氏宗祠

乡风远溯话扬尘,承继波斯血脉亲。
应卯金丁白马郭,好成华夏一家人。

百崎郭氏家庙

负重开基镇要津,钟灵毓秀续彝伦。
寻源世祖西洋冷,瞻拜中州乃至亲。

锡兰侨民旧居[①]

来谊僧伽客使艰,恋居吾郡庶黎间。
何期身骨归邦土,寄愿长帆向故山。

---

① 锡兰侨民旧居:位于鲤城区涂门街。史载明天顺三年(1459)锡兰王子率团来谊,回程经泉州时闻其国政遭变,就地留居,后裔取"世"字为姓,于清初建此居所。台湾世氏后裔所藏清代《世家族谱》载:"厥后,归途路经温陵,因爱此地山水,遂家焉。"锡兰古曾立僧伽罗王朝,现为斯里兰卡。

番佛寺遗址

孤回青碑暮色中,憾无莲宇说含洪。
遗徽幸共桑莲古,融熠东西倡大同。

跋

《世遗泉州感赋》草拟的时间跨越二十个年头。笔者试着以传统的诗词方式，记写观览泉州海上丝绸之路起点丰富史迹的粗浅感悟，表达对于泉州深厚历史文脉的个性理解。

生凑这一沓书稿，有绝句，也有律诗、曲词。诗词作为一种体裁，最基本的特征就是简洁明了。不管场景多么宏大，史传多么久远，内涵多么繁杂，外延多么广袤，除了鸿篇史诗，一般也就是用数句诗话了结，少则几句，多则数十句。这就需要细细梳理所见所闻，提炼自己最有感悟的要素，在简短的诗章里，把特有感触的体验，用别样意趣的语言，说给自己、说给读者。这么说着容易，其实自己还在学习摸索，做得并不理想。《世遗泉州感赋》辑集为册，期待在对泉州成功列入《世界遗产名录》表达贺意、为传扬泉州历史文脉奉一己之力的同时，探索着记述自我与泉州海上丝绸之路起点史迹的简明对话。

依照传统诗词的规矩学着写诗填词。笔者把近体诗的格律作为学诗的基本取向。在平仄、用韵上，持守以《平水韵》作为蓝本。2005年、2019年，中华诗词学会先后颁布了《中华新韵》《中华通韵》，主张"知古用新"，倡导传统诗词的创作，推广应用新颁布的韵书。笔者在重整"绝句百首"时，不论原作起草于何时，以《中华通韵》为范本作通篇修订。

1991年2月,联合国教科文组织海上丝绸之路考察团总协调员迪安博士在"中国与海上丝绸之路"国际学术讨论会上演讲时说:"泉州整座城市是海上丝绸之路博物馆的完美体现。"这一判断是客观无疑的。泉州海上丝绸之路起点史存丰富厚实,遍布全市。笔者所至,仅是其中部分。归理这一集子时,笔者将与所"感赋"的胜迹相关联的史料,以注释形式作摘要介绍。或有错失,敬请读者指正。

《世遗泉州感赋》整饬付梓,幸获诸多师友指导帮助,在此致以诚挚谢意。拙作与传统规矩、师友期待、读者尺度必有不小差距,恳请师友、读者批评指正。

2023年7月